轻
讀
Light

床头灯里的梦

文人与故乡

沈从文 等著

长江出版传媒　长江文艺出版社

北京长江新世纪文化传媒有限公司
www.cjxinshiji.com
出品

目 录

故 乡

鲁 迅

我冒着严寒，回到相隔二千余里，别了二十余年的故乡去。

　　时候既然是深冬，渐近故乡时，天气又阴晦了，冷风吹进船舱中，呜呜地响，从篷隙向外一望，苍黄的天底下，远近横着几个萧索的荒村，没有一些活气。我的心禁不住悲凉起来了。

　　啊！这不是我二十年来时时记得的故乡？

　　我所记得的故乡全不如此。我的故乡好得多了。但要我记起它的美丽，说出它的佳处来，却又没有影像，没有言辞了。仿佛也就如此。于是我自己解释说：故乡本也如此——虽然没有进步，也未必有如我所感的悲凉，这只是我自己心情的改变罢了，因为我这次回乡，本没有什么好心绪。

　　我这次是专为了别它而来的。我们多年聚族而居的老屋，已经公同卖给别姓了，交屋的期限，只在本年，所以必须赶在正月初一以前，永别了熟识的老屋，而且远离了熟识的故乡，搬家到我在谋食的异地去。

第二日清早晨我到了我家的门口了。瓦楞上许多枯草的断茎当风抖着，正在说明这老屋难免易主的原因。几房的本家大约已经搬走了，所以很寂静。我到了自家的房外，我的母亲早已迎着出来了，接着便飞出了八岁的侄儿宏儿。

　　我的母亲很高兴，但也藏着许多凄凉的神情，教我坐下，歇息，喝茶，且不谈搬家的事。宏儿没有见过我，远远地对面站着只是看。

　　但我们终于谈到搬家的事。我说外间的寓所已经租定了，又买了几件家具，此外须将家里所有的木器卖去，再去增添。母亲也说好，而且行李也略已齐集，木器不便搬运的，也小半卖去了，只是收不起钱来。

　　"你休息一两天，去拜望亲戚本家一回，我们便可以走了。"母亲说。

　　"是的。"

　　"还有闰土，他每到我家来时，总问起你，很想见你一回面。我已经将你到家的大约日期通知他，他也许就要来了。"

这时候，我的脑里忽然闪出一幅神异的图画来：深蓝的天空中挂着一轮金黄的圆月，下面是海边的沙地，都种着一望无际的碧绿的西瓜，其间有一个十一二岁的少年，项戴银圈，手捏一柄钢叉，向一匹猹尽力地刺去，那猹却将身一扭，反从他的胯下逃走了。

这少年便是闰土。我认识他时，也不过十多岁，离现在将有三十年了；那时我的父亲还在世，家景也好，我正是一个少爷。那一年，我家是一件大祭祀的值年。这祭祀，说是三十多年才能轮到一回，所以很郑重；正月里供祖像，供品很多，祭器很讲究，拜的人也很多，祭器也很要防偷去。我家只有一个忙月（我们这里给人做工的分三种：整年给一定人家做工的叫长工；按日给人做工的叫短工；自己也种地，只在过年过节以及收租时候来给一定人家做工的称忙月），忙不过来，他便对父亲说，可以叫他的儿子闰土来管祭器的。

我的父亲允许了；我也很高兴，因为我早听到闰土这名字，而且知道他和我仿佛年纪，闰月生的，五行缺土，所以他的父亲叫他闰土。他是能装弶捉小鸟雀的。

　　我于是日日盼望新年，新年到，闰土也就到了。好容易到了年末，有一日，母亲告诉我，闰土来了，我便飞跑地去看。他正在厨房里，紫色的圆脸，头戴一顶小毡帽，颈上套一个明晃晃的银项圈，这可见他的父亲十分爱他，怕他死去，所以在神佛面前许下愿心，用圈子将他套住了。他见人很怕羞，只是不怕我，没有旁人的时候，便和我说话，于是不到半日，我们便熟识了。

　　我们那时候不知道谈些什么，只记得闰土很高兴，说是上城之后，见了许多没有见过的东西。

　　第二日，我便要他捕鸟。他说：

　　"这不能。须大雪下了才好。我们沙地上，下了雪，我扫出一块空地来，用短棒支起一个大竹匾，撒下秕谷，看鸟雀来吃时，我远远地将缚在棒上的绳子只一拉，那鸟雀就罩在竹匾下了。什么都有：稻鸡、角鸡、鹁鸪、蓝背……"

我于是又很盼望下雪。

闰土又对我说：

"现在太冷，你夏天到我们这里来。我们日里到海边捡贝壳去，红的绿的都有，鬼见怕也有，观音手也有。晚上我和爹管西瓜去，你也去。"

"管贼吗？"

"不是。走路的人口渴了摘一个瓜吃，我们这里是不算偷的。要管的是獾猪、刺猬、猹。月亮底下，你听，啦啦地响了，猹在咬瓜了。你便捏了胡叉，轻轻地走去……"

我那时并不知道这所谓猹的是怎么一件东西——便是现在也没有知道——只是无端地觉得状如小狗而很凶猛。

"他不咬人么？"

"有胡叉呢。走到了，看见猹了，你便刺。这畜生很伶俐，倒向你奔来，反从胯下窜了。他的皮毛是油一般的滑……"

我素不知道天下有这许多新鲜事：海边有如许五色的贝壳；西瓜有这样危险的经历，我先前单知道他在水果店里出卖罢了。

"我们沙地里，潮汛要来的时候，就有许多跳鱼儿只是跳，都有青蛙似的两个脚……"

啊！闰土的心里有无穷无尽的稀奇的事，都是我往常的朋友所不知道的。他们不知道一些事，闰土在海边时，他们都和我一样只看见院子里高墙上的四角的天空。

可惜正月过去了，闰土须回家里去，我急得大哭，他也躲到厨房里，哭着不肯出门，但终于被他父亲带走了。他后来还托他的父亲带给我一包贝壳和几支很好看的鸟毛，我也曾送他一两次东西，但从此没有再见面。

现在我的母亲提起了他，我这儿时的记忆，忽而全都闪电似的苏生过来，似乎看到了我的美丽的故乡了。我应声说：

"这好极！他……怎样？"

"他？他景况也很不如意……"母亲说着，便向房外看，"这些人又来了。说是买木器，顺手也就随便拿走的，我得去看看。"

母亲站起身，出去了。门外有几个女人的声音。我便招宏儿走近面前，和他闲话：问他可会写字，可愿意出门。

"我们坐火车去么？"

"我们坐火车去。"

"船呢？"

"先坐船……"

"哈！这模样了！胡子这么长了！"一种尖厉的怪声突然大叫起来。

我吃了一吓，赶忙抬起头，却见一个凸颧骨，薄嘴唇，五十岁上下的女人站在我面前，两手搭在髀间，没有系裙，张着两脚，正像一个画图仪器里细脚伶仃的圆规。

我愕然了。

"不认识了么？我还抱过你咧！"

我愈加愕然了。幸而我的母亲也就进来，从旁说：

"他多年出门，统忘却了。你该记得罢，"便向着我说，"这是斜对门的杨二嫂……开豆腐店的。"

哦，我记得了。我孩子时候，在斜对门的豆腐店里确乎终日坐着一个杨二嫂，人都叫伊"豆腐西施"。但是擦着白粉，颧骨没有这么高，嘴唇也没有这么薄，而且终日坐着，我也从没有见过这圆规式的姿势。那时人说：因为伊，这豆腐店的买卖非常好。但这大约因为年龄的关系，我却并未蒙着一毫感化，所以竟完全忘却了。然而圆规很不平，显出鄙夷的神色，仿佛嗤笑法国人不知道拿破仑，美国人不知道华盛顿似的，冷笑说：

"忘了？这真是贵人眼高……"

"哪有这事……我……"我惶恐着，站起来说。

"那么，我对你说。迅哥儿，你阔了，搬动又笨重，你还要什么这些破烂木器，让我拿去罢。我们小户人家，用得着。"

"我并没有阔哩。我须卖了这些，再去……"

"啊呀呀，你放了道台了，还说不阔？你现在有三房姨太太；出门便是八抬的大轿，还说不阔？吓，什么都瞒不过我。"

我知道无话可说了，便闭了口，默默地站着。

"啊呀啊呀，真是愈有钱，便愈是一毫不肯放松，愈是一毫不肯放松，便愈有钱……"圆规一面愤愤地回转身，一面絮絮地说，慢慢向外走，顺便将我母亲的一副手套塞在裤腰里，出去了。

此后又有近处的本家和亲戚来访问我。我一面应酬，偷空便收拾些行李，这样地过了三四天。

一日是天气很冷的午后，我吃过午饭，坐着喝茶，觉得外面有人进来了，便回头去看。我看时，不由得非常出惊，慌忙站起身，迎着走去。

这来的便是闰土。虽然我一见便知道是闰土，但又不是我这记忆上的闰土了。他身材增加了一倍；先前的紫色的圆脸，已经变作灰黄，而且加上了很深的皱纹；眼睛也像他父亲一样，周围都肿得通红，这我知道，在海边种地的人，终日吹着海风，大抵是这样的。他头上是一顶破毡帽，身上只一件极薄的棉衣，浑身瑟缩着；手里提着一个纸包和一支长烟管，那手也不是我所记得的红活圆实的手，却又粗又笨而且开裂，像是松树皮了。

我这时很兴奋，但不知道怎么说才好，只是说：

"啊！闰土哥，你来了？"

我接着便有许多话，想要连珠一般涌出：角鸡、跳鱼儿、贝壳、猹……但又总觉得被什么挡着似的，单在脑里面回旋，吐不出口外去。

他站住了，脸上现出欢喜和凄凉的神情；动着嘴唇，却没有作声。他的态度终于恭敬起来了，分明地叫道：

"老爷……"

我似乎打了一个寒噤；我就知道，我们之间已经隔了一层可悲的厚障壁了。我也说不出话。

他回过头去说，"水生，给老爷磕头。"便拖出躲在背后的孩子来，这正是一个廿年前的闰土，只是黄瘦些，颈子上没有银圈罢了。"这是第五个孩子，没有见过世面，躲躲闪闪……"

母亲和宏儿下楼来了，他们大约也听到了声音。

"老太太。信是早收到了。我实在喜欢得不得了，知道老爷回来……"闰土说。

"啊，你怎的这样客气起来。你们先前不是哥弟称呼么？还是照旧：迅哥儿。"母亲高兴地说。

"啊呀，老太太真是……这成什么规矩。那时是孩子，不懂事……"闰土说着，又叫水生上来打拱，那孩子却害羞，紧紧地只贴在他背后。

"他就是水生？第五个？都是生人，怕生也难怪的；还是宏儿和他去走走。"母亲说。

宏儿听得这话，便来招水生，水生却松松爽爽同他一路出去了。母亲叫闰土坐，他迟疑了一回，终于就了坐，将长烟管靠在桌旁，递过纸包来，说：

"冬天没有什么东西了。这一点干青豆倒是自家晒在那里的，请老爷……"

我问问他的景况。他只是摇头。

"非常难。第六个孩子也会帮忙了，却总是吃不够……又不太平……什么地方都要钱，没有规定……收成又坏。种出东西来，挑去卖，总要捐几回钱，折了本；不去卖，又只能烂掉……"

他只是摇头；脸上虽然刻着许多皱纹，却全然不动，仿佛石像一般。他大约只是觉得苦，却又形容不出，沉默了片时，便拿起烟管来默默地吸烟了。

母亲问他，知道他的家里事务忙，明天便得回去；又没有吃过午饭，便叫他自己到厨下炒饭吃去。

他出去了；母亲和我都叹息他的景况：多子，饥荒，苛税，兵，匪，官，绅，都苦得他像一个木偶人了。母亲对我说，凡是不必搬走的东西，尽可以送他，可以听他自己去拣择。

下午，他拣好了几件东西：两条长桌，四个椅子，一副香炉和烛台，一杆抬秤。他又要所有的草灰（我们这里煮饭是烧稻草的，那灰，可以做沙地的肥料），待我们启程的时候，他用船来载去。

夜间，我们又谈些闲天，都是无关紧要的话；第二天早晨，他就领了水生回去了。

又过了九日，是我们启程的日期。闰土早晨便到了，水生没有同来，却只带着一个五岁的女儿管船只。我们终日很忙碌，再没有谈天的工夫。来客也不少，有送行的，有拿东西的，有送行兼拿东西的。待到傍晚我们上船的时候，这老屋里的所有破旧大小粗细东西，已经一扫而空了。

我们的船向前走，两岸的青山在黄昏中，都装成了深黛颜色，连着退向船后梢去。

宏儿和我靠着船窗，同看外面模糊的风景，他忽然问道：

"大伯！我们什么时候回来？"

"回来？你怎么还没有走就想回来了？"

"可是，水生约我到他家玩去咧……"他睁着大的黑眼睛，痴痴地想。

我和母亲也都有些惘然，于是又提起闰土来。母亲说，那豆腐西施的杨二嫂，自从我家收拾行李以来，本是每日必到的，前天伊在灰堆里，掏出十多个碗碟来，议论之后，便定说是闰土埋着的，他可以在运灰的时候，一齐搬回家里去；杨二嫂发现了这件事，自己很以为功，便拿了那狗气杀（这是我们这里养鸡的器具，木盘上面有着栅栏，内盛食料，鸡可以伸进颈子去啄，狗却不能，只能看着气死），飞也似的跑了，亏伊装着这么高底的小脚，竟跑得这样快。

老屋离我愈远了；故乡的山水也都渐渐远离了我，但我却并不感到怎样的留恋。我只觉得我四面有看不见的高墙，将我隔成孤身，使我非常气闷；那西瓜地上的银项圈的小英雄的影像，我本来十分清楚，现在却忽地模糊了，又使我非常地悲哀。

母亲和宏儿都睡着了。

我躺着，听船底潺潺的水声，知道我在走我的路。我想：我竟与闰土隔绝到这地步了，但我们的后辈还是一气，宏儿不是正在想念水生么。我希望他们不再像我，又大家隔膜起来……然而我又不愿意他们因为要一气，都如我的辛苦辗转而生活，也不愿意他们都如闰土的辛苦麻木而生活，也不愿意都如别人的辛苦恣睢而生活。他们应该有新的生活，为我们所未经生活过的。

我想到希望，忽然害怕起来了。闰土要香炉和烛台的时候，我还暗地里笑他，以为他总是崇拜偶像，什么时候都不忘却。现在我所谓希望，不也是我自己手制的偶像么？只是他的愿望切近，我的愿望茫远罢了。

我在朦胧中，眼前展开一片海边碧绿的沙地来，上面深蓝的天空中挂着一轮金黄的圆月。我想：希望是本无所谓有，无所谓无的。这正如地上的路；其实地上本没有路，走的人多了，也便成了路。

社戏

鲁迅

我在倒数上去的二十年中，只看过两回中国戏，前十年是绝不看，因为没有看戏的意思和机会，那两回全在后十年，然而都没有看出什么来就走了。

　　第一回是民国元年我初到北京的时候，当时一个朋友对我说，北京戏最好，你不去见见世面么？我想，看戏是有味的，而况在北京呢。于是都兴致勃勃地跑到什么园，戏文已经开场了，在外面也早听到咚咚地响。我们挨进门，几个红的绿的在我的眼前一闪烁，便又看见戏台下满是许多头，再定神四面看，却见中间也还有几个空座，挤过去要坐时，又有人对我发议论，我因为耳朵已经嗡嗡地响着了，用了心，才听到他是说"有人，不行"。

　　我们退到后面，一个辫子很光的却来领我们到了侧面，指出一个地位来。这所谓地位者，原来是一条长凳，然而他那坐板比我的上腿要狭到四分之三，他的脚比我的下腿要长过三分之二。我先是没有爬上去的勇气，接着便联想到私刑拷打的刑具，不由得毛骨悚然地走出了。

走了许多路，忽听得我的朋友的声音道，"究竟怎的？"我回过脸去，原来他也被我带出来了。他很诧异地说，"怎么总是走，不答应？"我说，"朋友，对不起，我耳朵只在咚咚喤喤地响，并没有听到你的话。"

后来我每一想到，便很以为奇怪，似乎这戏太不好——否则便是我近来在戏台下不适于生存了。

第二回忘记了哪一年，总之是募集湖北水灾捐而谭叫天（注：即京剧名角谭志道）还没有死。捐法是两元钱买一张戏票，可以到第一舞台去看戏，扮演的多是名角，其一就是小叫天。我买了一张票，本是对于劝募人聊以塞责的，然而似乎又有好事家乘机对我说了些叫天不可不看的大法要了。我于是忘了前几年的咚咚喤喤之灾，竟到第一舞台去了，但大约一半也因为重价购来的宝票，总得使用了才舒服。我打听得叫天出台是迟的，而第一舞台却是新式构造，用不着争座位，便放了心，延宕到九点钟才去，谁料照例，人都满了，连立足也难，我只得挤在远处的人丛中看一个老旦在台上唱。那老旦嘴边插着两个点火的纸捻子，旁边有一个鬼卒，我费尽思量，才疑心他或者是目连的母亲，因为后来又出来了一个和尚。然而我又不知道那名角是谁，就去问挤小在我的左边的一位胖绅士。他很看不起似的斜瞥了我一眼，说道，"龚云甫！"我深愧浅陋而且粗疏，脸上一热，同时脑里也制出了决不再问的定章，于是看小旦唱，看花旦唱，看老生唱，看不知什么角色唱，看一大班人乱打，看两三个人互打，从九点多到十点，从十点到十一点，从十一点到十一点半，从十一点半到十二点，——然而叫天竟还没有来。

　　我向来没有这样忍耐地等待过什么事物，而况这身边的胖绅士的吁吁的喘气，这台上的咚咚喤喤的敲打，红红绿绿的晃荡，加之以十二点，忽而使我醒悟到在这里不适于生存了。我同时便机械地拧转身子，用力往外只一挤，觉得背后便已满满的，大约那弹性的胖绅士早在我的空处胖开了他的右半身了。我后无回路，自然挤而又挤，终于出了大门。街上除了专等看客的车辆之外，几乎没有什么行人了，大门口却还有十几个人昂着头看戏目，别有一堆人站着并不看什么，我想：他们大概是看散戏之后出来的女人们的，而叫天却还没有来……

然而夜气很清爽，真所谓"沁人心脾"，我在北京遇着这样的好空气，仿佛这是第一遭了。

这一夜，就是我对于中国戏告了别的一夜，此后再没有想到它，即使偶尔经过戏园，我们也漠不相关，精神上早已一在天之南一在地之北了。

但是前几天，我忽在无意之中看到一本日本文的书，可惜忘记了书名和著者，总之是关于中国戏的。其中有一篇，大意仿佛说，中国戏是大敲，大叫，大跳，使看客头昏脑眩，很不适于剧场，但若在野外散漫的所在，远远地看起来，也自有它的风致。我当时觉着这正是说了在我意中而未曾想到的话，因为我确记得在野外看过很好的戏，到北京以后的连进两回戏园去，也许还是受了那时的影响哩。可惜我不知道怎么一来，竟将书名忘却了。

至于我看好戏的时候，却实在已经是"远哉遥遥"的了，其时恐怕我还不过十一二岁。

我们鲁镇的习惯，本来是凡有出嫁的女儿，倘自己还未当家，夏间便大抵回到母家去消夏。那时我的祖母虽然还康健，但母亲也已分担了些家务，所以夏期便不能多日的归省了，只得在扫墓完毕之后，抽空去住几天，这时我便每年跟了我的母亲住在外祖母的家里。那地方叫平桥村，是一个离海边不远，极偏僻的，临河的小村庄；住户不满三十家，都种田，打鱼，只有一家很小的杂货店。但在我是乐土：因为我在这里不但得到优待，又可以免念"秩秩斯干，幽幽南山"了。

和我一同玩的是许多小朋友，因为有了远客，他们也都从父母那里得了减少工作的许可，伴我来游戏。在小村里，一家的客，几乎也就是公共的。我们年纪都相仿，但论起行辈来，却至少是叔子，有几个还是太公，因为他们合村都同姓，是本家。然而我们是朋友，即使偶尔吵闹起来，打了太公，一村的老老少少，也决没有一个会想出"犯上"这两个字来，而他们也百分之九十九不识字。

我们每天的事情大概是掘蚯蚓，掘来穿在铜丝做的小钩上，伏在河沿上去钓虾。虾是水世界里的呆子，决不惮用了自己的两个钳捧着钩尖送到嘴里去的，所以不半天便可以钓到一大碗。这虾照例是归我吃的。其次便是一同去放牛，但或者因为高等动物了的缘故罢，黄牛水牛都欺生，敢于欺侮我，因此我也总不敢走近身，只好远远地跟着，站着。这时候，小朋友们便不再原谅我会读"秩秩斯干"，却全都嘲笑起来了。

至于我在那里所第一盼望的，却在到赵庄去看戏。赵庄是离平桥村五里的较大的村庄；平桥村太小，自己演不起戏，每年总付给赵庄多少钱，算作合作的。当时我并不想到他们为什么年年要演戏。现在想，那或者是春赛，是社戏了。

就在我十一二岁时候的这一年，这日期也看看等到了。不料这一年真可惜，在早上就叫不到船。平桥村只有一只早出晚归的航船是大船，绝没有留用的道理。其余的都是小船，不合用；央人到邻村去问，也没有，早都给别人定下了。外祖母很气恼，怪家里的人不早定，絮叨起来。母亲便宽慰伊，说我们鲁镇的戏比小村里的好得多，一年看几回，今天就算了。只有我急得要哭，母亲却竭力地嘱咐我，说万不能装模装样，怕又招外祖母生气，又不准和别人一同去，说是怕外祖母要担心。

总之，是完了。到下午，我的朋友都去了，戏已经开场了，我似乎听到锣鼓的声音，而且知道他们在戏台下买豆浆喝。

这一天我不钓虾，东西也少吃。母亲很为难，没有法子想。到晚饭时候，外祖母也终于觉察了，并且说我应当不高兴，他们太怠慢，是待客的礼数里从来没有的。吃饭之后，看过戏的少年们也都聚拢来了，高高兴兴地来讲戏。只有我不开口；他们都叹息而且表同情。忽然间，一个最聪明的双喜大悟似的提议了，他说，"大船？八叔的航船不是回来了么？"十几个别的少年也大悟，立刻撺掇起来，说可以坐了这航船和我一同去。我高兴了。然而外祖母又怕都是孩子，不可靠；母亲又说是若叫大人一同去，他们白天全有工作，要他熬夜，是不合情理的。在这迟疑之中，双喜可又看出底细来了，便又大声地说道，"我写包票！船又大；迅哥儿向来不乱跑；我们又都是识水性的！"

诚然！这十多个少年，委实没有一个不会凫水的，而且两三个还是弄潮的好手。

外祖母和母亲也相信，便不再驳回，都微笑了。我们立刻一哄地出了门。

我的很重的心忽而轻松了，身体也似乎舒展到说不出的大。一出门，便望见月下的平桥内泊着一只白篷的航船，大家跳下船，双喜拔前篙，阿发拔后篙，年幼的都陪我坐在舱中，较大的聚在船尾。母亲送出来吩咐"要小心"的时候，我们已经点开船，在桥石上一磕，退后几尺，即又上前出了桥。于是架起两支橹，一支两人，一里一换，有说笑的，有嚷的，夹着潺潺的船头激水的声音，在左右都是碧绿的豆麦田地的河流中，飞一般径向赵庄前进了。

两岸的豆麦和河底的水草所发散出来的清香，夹杂在水气中扑面地吹来；月色便朦胧在这水汽里。淡黑的起伏的连山，仿佛是踊跃的铁的兽脊似的，都远远地向船尾跑去了，但我却还以为船慢。他们换了四回手，渐望见依稀的赵庄，而且似乎听到歌吹了，还有几点火，料想便是戏台，但或者也许是渔火。

那声音大概是横笛，宛转，悠扬，使我的心也沉静，然而又自失起来，觉得要和它弥散在含着豆麦蕴藻之香的夜气里。

那火接近了，果然是渔火；我才记得先前望见的也不是赵庄。那是正对船头的一丛松柏林，我去年也曾经去游玩过，还看见破的石马倒在地下，一个石羊蹲在草里呢。过了那林，船便弯进了汉港，于是赵庄便真在眼前了。

最惹眼的是屹立在庄外临河的空地上的一座戏台，模糊在远处的月夜中，和空间几乎分不出界限，我疑心画上见过的仙境，就在这里出现了。这时船走得更快，不多时，在台上显出人物来，红红绿绿地动，近台的河里一望乌黑的是看戏的人家的船篷。

"近台没有什么空了，我们远远地看罢。"阿发说。

这时船慢了，不久就到，果然近不得台旁，大家只能下了篙，比那正对戏台的神棚还要远。其实我们这白篷的航船，本也不愿意和乌篷的船在一处，而况并没有空地呢……

在停船的匆忙中，看见台上有一个黑的长胡子的背上插着四张旗，捏着长枪，和一群赤膊的人正打仗。双喜说，那就是有名的铁头老生，能连翻八十四个筋斗，他日里亲自数过的。

我们便都挤在船头上看打仗，但那铁头老生却又并不翻筋斗，只有几个赤膊的人翻，翻了一阵，都进去了，接着走出一个小旦来，咿咿呀呀地唱。双喜说，"晚上看客少，铁头老生也懈了，谁肯显本领给白地看呢？"我相信这话对，因为其时台下已经不很有人，乡下人为了明天的工作，熬不得夜，早都睡觉去了，疏疏朗朗地站着的不过是几十个本村和邻村的闲汉。乌篷船里的那些土财主的家眷固然在，然而他们也不在乎看戏，多半是专到戏台下来吃糕饼、水果和瓜子的。所以简直可以算白地。

　　然而我的意思却也并不在乎看翻筋斗。我最愿意看的是一个人蒙了白布，两手在头上捧着一支棒似的蛇头的蛇精，其次是套了黄布衣跳老虎。但是等了许多时都不见，小旦虽然进去了，立刻又出来了一个很老的小生。我有些疲倦了，托桂生买豆浆去。他去了一刻，回来说："没有。卖豆浆的聋子也回去了。日里倒有，我还喝了两碗呢。现在去舀一瓢水来给你喝罢。"

　　我不喝水，支撑着仍然看，也说不出见了些什么，只觉得戏子的脸都渐渐地有些稀奇了，那五官渐不明显，似乎融成一片的再没有什么高低。年纪小的几个多打哈欠了，大的也各管自己谈话。忽而一个红衫的小丑被绑在台柱子上，给一个花白胡子的用马鞭打起来了，大家才又振作精神地笑着看。在这一夜里，我以为这实在要算是最好的一折。

然而老旦终于出台了。老旦本来是我所最怕的东西，尤其是怕她坐下了唱。这时候，看见大家也都很扫兴，才知道他们的意见是和我一致的。那老旦当初还只是踱来踱去地唱，后来竟在中间的一把交椅上坐下了。我很担心；双喜他们却就破口喃喃地骂。我忍耐地等着，许多工夫，只见那老旦将手一抬，我以为就要站起来了，不料她却又慢慢地放下在原地方，仍旧唱。全船里几个人不住地吁气，其余的也打起哈欠来。双喜终于熬不住了，说道，怕她会唱到天明还不完，还是我们走的好罢。大家立刻都赞成，和开船时候一样踊跃，三四人径奔船尾，拔了篙，点退几丈，回转船头，驾起橹，骂着老旦，又向那松柏林前进了。

月还没有落，仿佛看戏也并不很久似的，而一离赵庄，月光又显得格外的皎洁。回望戏台在灯火光中，却又如初来未到时候一般，又缥缈得像一座仙山楼阁，满被红霞罩着了。吹到耳边来的又是横笛，很悠扬；我疑心老旦已经进去了，但也不好意思说再回去看。

不多久，松柏林早在船后了，船行也并不慢，但周围的黑暗只是浓，可知已经到了深夜。他们一面议论着戏子，或骂，或笑，一面加紧地摇船。这一次船头的激水声更其响亮了，那航船，就像一条大白鱼背着一群孩子在浪花里蹿，连夜渔的几个老渔夫，也停了艇子看着喝彩起来。

离平桥村还有一里模样，船行却慢了，摇船的都说很疲乏，因为太用力，而且许久没有东西吃。这回想出来的是桂生，说是罗汉豆正旺相，柴火又现成，我们可以偷一点来煮吃。大家都赞成，立刻近岸停了船；岸上的田里，乌油油的都是结实的罗汉豆。

"啊啊，阿发，这边是你家的，这边是老六一家的，我们偷哪一边的呢？"双喜先跳下去了，在岸上说。

我们也都跳上岸。阿发一面跳，一面说道，"且慢，让我来看一看罢，"他于是往来地摸了一回，直起身来说道，"偷我们的罢，我们的大得多呢。"一声答应，大家便散开在阿发家的豆田里，各摘了一大捧，抛入船舱中。双喜以为再多偷，倘给阿发的娘知道是要哭骂的，于是各人便到六一公公的田里又各偷了一大捧。

我们中间几个年长的仍然慢慢地摇着船，几个到后舱去生火，年幼的和我都剥豆。不久豆熟了，便任凭航船浮在水面上，都围起来用手撮着吃。吃完豆，又开船，一面洗器具，豆荚豆壳全抛在河水里，什么痕迹也没有了。双喜所虑的是用了八公公船上的盐和柴，这老头子很细心，一定要知道，会骂的。然而大家议论之后，归结是不怕。他如果骂，我们便要他归还去年在岸边拾去的一枝枯柏树，而且当面叫他"八癞子"。

"都回来了！哪里会错。我原说过写包票的！"

双喜在船头上忽而大声地说。

我向船头一望，前面已经是平桥。桥脚上站着一个人，却是我的母亲，双喜便是对伊说着话。我走出前舱去，船也就进了平桥了，停了船，我们纷纷都上岸。母亲颇有些生气，说是过了三更了，怎么回来得这样迟，但也就高兴了，笑着邀大家去吃炒米。

大家都说已经吃了点心，又瞌睡，不如及早睡的好，各自回去了。

第二天，我向午才起来，并没有听到什么关系八公公盐柴事件的纠葛，下午仍然去钓虾。

"双喜，你们这班小鬼，昨天偷了我的豆了罢？又不肯好好地摘，踏坏了不少。"我抬头看时，是六一公公棹着小船，卖了豆回来了，船肚里还有剩下的一堆豆。

"是的。我们请客。我们当初还不要你的呢。你看，你把我的虾吓跑了！"双喜说。

六一公公看见我，便停了楫，笑道，"请客？

这是应该的。"于是对我说，"迅哥儿，昨天的戏可好么？"

我点一点头，说道，"好。"

"豆可中吃呢？"

我又点一点头，说道，"很好。"

不料六一公公竟非常感激起来，将大拇指一跷，得意地说道，"这真是大市镇里出来的读过书的人才识货！我的豆种是粒粒挑选过的，乡下人不识好歹，还说我的豆比不上别人的呢。我今天也要送些给我们的姑奶奶尝尝去……"他于是打着楫子过去了。

待到母亲叫我回去吃晚饭的时候，桌上便有一大碗煮熟了的罗汉豆，就是六一公公送给母亲和我吃的。听说他还对母亲极口夸奖我，说"小小年纪便有见识，将来一定要中状元。姑奶奶，你的福气是可以写包票的了"。但我吃了豆，却并没有昨夜的豆那么好。

真的，一直到现在，我实在再没有吃到那夜似的好豆——也不再看到那夜似的好戏了。

故乡的野菜

周作人

我的故乡不止一个，凡我住过的地方都是故乡。故乡对于我并没有什么特别的情分，只因钓于斯游于斯的关系，朝夕会面，遂成相识，正如乡村里的邻舍一样，虽然不是亲属，别后有时也要想念到他。我在浙东住过十几年，南京东京都住过六年，这都是我的故乡，现在住在北京，于是北京就成了我的家乡了。

　　日前我的妻往西单市场买菜回来，说起有荠菜在那里卖着，我便想起浙东的事来。荠菜是浙东人春天常吃的野菜，乡间不必说，就是城里只要有后园的人家都可以随时采食，妇女小儿各拿一把剪刀一只"苗篮"，蹲在地上搜寻，是一种有趣味的游戏的工作。那时小孩们唱道："荠菜马兰头，姊姊嫁在后门头。"后来马兰头有乡人拿来进城售卖了，但荠菜还是一种野菜，须得自家去采。关于荠菜向来颇有风雅的传说，不过这似乎以吴地为主。《西湖游览志》云："三月三日男女皆戴荠菜花。谚云：三春戴荠花，桃李羞繁华。"顾禄的《清嘉录》上亦说，"芥菜花俗呼野菜花，因谚有三月三蚂蚁上灶山之语，三日人家皆以野菜花置灶陉上，以厌虫蚁。侵晨村童叫卖不绝。或妇女簪髻上以祈清目，俗号眼亮花。"但浙东人却不很理会这些事情，只是挑来做菜或炒年糕吃罢了。

黄花麦果通称鼠曲草，系菊科植物，叶小微圆互生，表面有白毛，花黄色，簇生梢头。春天采嫩叶，捣烂去汁，和粉做糕，称黄花麦果糕。小孩们有歌赞美之云：黄花麦果韧结结，关得大门自要吃，半块拿弗出，一块自要吃。

清明前后扫墓时，有些人家——大约是保存古风的人家——用黄花麦果做供，但不做饼状，做成小颗如指顶大，或细条如小指，以五六个作一攒，名曰茧果，不知是什么意思，或因蚕上山时设祭，也用这种食品，故有是称，亦未可知。自从十二三岁时外出不参与外祖家扫墓以后，不复见过茧果，近来住在北京，也不再见黄花麦果的影子了。日本称作"御形"，与荠菜同为春天的七草之一，也采来做点心用，状如艾饺，名曰"草饼"，春分前后多食之，在北京也有，但是吃去总是日本风味，不复是儿时的黄花麦果糕了。

扫墓时候所常吃的还有一种野菜，俗称草紫，通称紫云英。农人在收获后，播种田内，用作肥料，是一种很被贱视的植物，但采取嫩茎瀹食，味颇鲜美，似豌豆苗。花紫红色，数十亩接连不断，一片锦绣，如铺着华美的地毯，非常好看，而且花朵状若蝴蝶，又如鸡雏，尤为小孩所喜，间有白色的花，相传可以治痢。很是珍重，但不易得。日本《俳句大辞典》云："此草与蒲公英同是习见的东西，从幼年时代便已熟识。在女人里边，不曾采过紫云英的人，恐未必有罢。"中国古来没有花环，但紫云英的花球却是小孩常玩的东西，这一层我还替那些小人们欣幸的。浙东扫墓用鼓吹，所以少年常随了乐音去看"上坟船里的姣姣"；没有钱的人家虽没有鼓吹，但是船头上篷窗下总露出些紫云英和杜鹃的花束，这也就是上坟船的确实的证据了。

钓台的春昼

郁达夫

因为近在咫尺，以为什么时候要去就可以去，我们对于本乡本土的名区胜景，反而往往没有机会去玩，或不容易下一个决心去玩的。正唯其是如此，我对于富春江上的严陵，二十年来，心里虽每在记着，但脚却没有向这一方面走过。一九三一，岁在辛未，暮春三月，春服未成，而中央党帝，似乎又想玩一个秦始皇所玩过的把戏了，我接到了警告，就仓皇离去了寓居。先在江浙附近的穷乡里，游息了几天，偶然看见了一家扫墓的行舟，乡愁一动，就定下了归计。绕了一个大弯，赶到故乡，却正好还在清明寒食的节前。和家人等去上了几处坟，与许久不曾见过面的亲戚朋友，来往热闹了几天，一种乡居的倦怠，忽而袭上心来了，于是乎我就决心上钓台访一访严子陵的幽居。

钓台去桐庐县城二十余里，桐庐去富阳县治九十里不足，自富阳溯江而上，坐小火轮三小时可达桐庐，再上则须坐帆船了。

我去的那一天，记得是阴晴欲雨的养花天，并且系坐晚班轮去的，船到桐庐，已经是灯火微明的黄昏时候了，不得已就只得在码头近边的一家旅馆的楼上借了一宵宿。

桐庐县城，大约有三里路长，三千多烟灶，一二万居民，地在富春江西北岸，从前是皖浙交通的要道，现在杭江铁路一开，似乎没有一二十年前的繁华热闹了。尤其要使旅客感到萧条的，却是桐君山脚下的那一队花船的失去了踪影。说起桐君山，却是桐庐县的一个接近城市的灵山胜地，山虽不高，但因有仙，自然是灵了。以形势来论，这桐君山，也的确是可以产生出许多口音生硬，别具风韵的桐严嫂来的生龙活脉。地处在桐溪东岸，正当桐溪和富春江合流之所，依依一水，西岸便瞰视着桐庐县市的人家烟村。南面对江，便是十里长洲；唐诗人方干的故居，就在这十里桐洲九里花的花田深处。向西越过桐庐县城，更遥遥对着一排高低不定的青峦，这就是富春山的山子山孙了。东北面山下，是一片桑麻沃地，有一条长蛇似的官道，隐而复现，出没盘曲在桃花杨柳洋槐榆树的中间，绕过一支小岭，便是富阳县的境界，大约去程明道的墓地程坟，总也不过一二十里地的间隔。我得去拜谒桐君，瞻仰道观，就在那一天到桐庐的晚上，是淡云微月，正在作雨的时候。

　　鱼梁渡头，因为夜渡无人，渡船停在东岸的相君山下。我从旅馆踱了出来，先在离轮埠不远的渡口停立了几分钟。后来向一位来渡口洗夜饭米的少妇，躬身请问了一口，才得到了渡江的秘诀。她说："你只需高喊两三声，船自会来的。"先谢了她教我的好意，然后以两手围成了播音的喇叭，"喂，喂，渡船请摇过来"地纵声一喊，果然在半江的黑影当中，船身摇动了。渐摇渐近，五分钟后，我在渡口，却终于听出了咿呀柔橹的声音。时间似乎已经入了酉时的下刻，小市里的群动，这时候都已经静息，自从渡口的那位少妇，在微茫的夜色里，藏去了她那张白团团的面影之后，我独立在江边，不知不觉心里头却兀自感到了一种他乡日暮的悲哀。渡船到岸，船头上起了几声微微的水浪清音，又咚地一响，我早已跳上了船，渡船也已经掉过头来了。坐在黑影沉沉的舱里，我起先只在静听着柔橹划水的声音，然后却在黑影里看出了一星船家在吸着的长烟管头上的烟火，最后因为被沉默压迫不过，我只好开口说话了："船家！你这样地渡我过去，该给你几个船钱？"我问。"随你先生把几个就是。"船家的说话冗慢悠长，似乎已经带着些睡意了，我就向袋里摸出了两角钱来。"这两角钱，就算是我的渡船钱，请你候我一会，上山去烧一次夜香，我是依旧要渡过江来的。"船家的回答，只是嗯嗯唔唔，幽幽同牛叫似的一种界音，然而从继这鼻音而起的两三声轻快的咳声听来，他却似已经在感到满足了，因为我也知道，乡间的义渡，船钱最多也不过是两三枚铜子而已。

到了桐君山下，在山影和树影交掩着的崎岖道上，我上岸走不上几步，就被一块乱石绊倒，滑跌了一次。船家似乎也动了恻隐之心了，一句话也不发，跑将上来，他却突然交给了我一盒火柴。我于是感谢了一番他的盛意之后，重整步武，再摸上山去，先是必须点一枝火柴走三五步路的，但到得半山，路既就了规律，而微云堆里的半规月色，也朦胧地现出一痕银线来了，所以手里还存着的半盒火柴，就被我藏入了袋里。路是从山的西北，盘曲而上，渐走渐高，半山一到，天也开朗了一点，桐庐县市上的灯火，也星星可数了。更纵目向江心望去，富春江两岸的船上和桐溪合流口停泊着的船尾船头，也看得出一点一点的火来。走过半山，桐君观里的晚祷钟鼓，似乎还没有息尽，耳朵里仿佛听见了几丝木鱼钲钹的残声。走上山顶，先在半途遇着了一道道观外围的女墙，这女墙的栅门，却已经掩上了。在栅门外徘徊了一刻，觉得已经到了此门而不进去，终于是不能满足我这一次暗夜冒险的好奇怪癖的。所以细想了几次，还是决心进去，非进去不可，轻轻用手往里面一推，栅门却呀的一声，早已退向了后方开开了，这门原来是虚掩在那里的。进了栅门，踏着为淡月所映照的石砌平路，向东向南地前走了五六十步，居然走到了道观的大门之外，这两扇朱红漆的大门，不消说是紧闭在那里的。到了此地，我却不想再破门进去了，因为这大门是朝南向着大江开的，门外头是一条一丈来宽的石砌步道，步道的一旁是道观的墙，一旁便是山坡，靠山坡的一面，并且还有一道二尺来高的石墙筑在那里，大约是代替栏杆，防人倾跌下山去的用意，石墙之上，铺的是二三尺宽的青石，在这似石栏又似石凳的墙上，尽可以坐卧游息，饱看桐江和对岸的风景，就是在这里坐他一晚，也很可以，我又何必去打开门来，惊起那些老道的噩梦呢！

空旷的天空里，流涨着的只是些灰白的云，云层缺处，原也看得出半角的天，和一点两点的星，但看起来最饶风趣的，却仍是欲藏还露，将见仍无的那半规月影。这时候江面上似乎起了风，云脚的迁移，更来得迅速了，而低头向江心一看，几多散乱着的船里的灯光，也忽明忽灭地变换了一变换位置。

这道观大门外的景色，真神奇极了。我当十几年前，在放浪的游程里，曾向瓜州京口一带，消磨过不少的时日。那时觉得果然名不虚传的，确是甘露寺外的江山，而现在到了桐庐，昏夜上这桐君山来一看，又觉得这江山之秀而且静，风景的整而不散，却非那天下第一江山的北固山所可与比拟的了。真也难怪得严子陵，难怪得戴征士，倘使我若能在这样的地方结屋读书，颐养天年，那还要什么的高官厚禄，还要什么的浮名虚誉哩？一个人在这桐君观前的石凳上，看看山，看看水，看看城中的灯火和天上的星云，更做做浩无边际的无聊的幻梦，我竟忘记了时刻，忘记了自身，直等到隔江的击柝声传来，向西一看，忽而觉得城中的灯影微茫地减了，才跑也似的走下了山来，渡江奔回了客舍。

第二日侵晨，觉得昨天在桐君观前做过的残梦正还没有续完的时候，窗外面忽而传来了一阵吹角的声音。好梦虽被打破，但因这同吹觱篥似的商音哀咽，却很含着些荒凉的古意，并且晓风残月，杨柳岸边，也正好候船待发，上严陵去；所以心里虽怀着了些儿怨恨，但脸上却只现出了一痕微笑，起来梳洗更衣，叫茶房去雇船去。雇好了一只双桨的渔舟，买就了些酒菜鱼米，就在旅馆前面的码头上了船，轻轻向江心摇出去的时候，东方的云幕中间，已现出了几丝红晕，有八点多钟了。舟师急得厉害，只在埋怨旅馆的茶房，为什么昨晚上不预先告诉，好早一点出发。因为此去就是七里滩头，无风七里，有风七十里，上钓台去玩一趟回来，路程虽则有限，但这几日风雨无常，说不定要走夜路，才回来得了的。

过了桐庐，江心狭窄，浅滩果然多起来了。路上遇着的来往的行舟，数目也是很少，因为早晨吹的角，就是往建德去的快班船的信号，快班船一开，来往于两岸之间的船就不十分多了。两岸全是青青的山，中间是一条清浅的水，有时候过一个沙洲。洲上的桃花菜花，还有许多不晓得名字的白色的花，正在喧闹着春暮，吸引着蜂蝶。我在船头上一口一口地喝着严东关的药酒，指东话西地问着船家，这是什么山，那是什么港，惊叹了半天，称颂了半天，人也觉得倦了，不晓得什么时候，身子却走上了一家水边的酒楼，在和数年不见的几位已经做了党官的朋友高谈阔论。谈论之余，还背诵了一首两三年前曾在同一的情形之下作成的歪诗。

不是尊前爱惜身，伤狂难免假成真，曾因酒醉鞭名马，生怕情多累美人。劫数东南天作孽，鸡鸣风雨海扬尘，悲歌痛哭终何补，义士纷纷说帝泰。

直到盛筵将散，我酒也不想再喝了，和几位朋友闹得心里各自难堪，连对旁边坐着的两位陪酒的名花都不愿意开口。正在这上下不得的苦闷关头，船家却大声地叫了起来说：

"先生，罗芷过了，钓台就在前面，你醒醒罢，好上山去烧饭吃去。"

擦擦眼睛，整了一整衣服，抬起头来一看，四面的水光山色又忽而变了样子了。清清的一条浅水，比前又窄了几分，四围的山包得格外地紧了，仿佛是前无去路的样子。并且山容峻峭，看去觉得格外的瘦格外的高。向天上地下四围看看，只寂寂的看不见一个人类。双桨的摇响，到此似乎也不敢放肆了，钩的一声过后，要好半天才来一个幽幽的回响，静，静，静，身边水上，山下岩头，只沉浸着太古的静，死灭的静，山峡里连飞鸟的影子也看不见半只。前面的所谓钓台山上，只看得见两大个石垒，一间歪斜的亭子，许多纵横芜杂的草木。山腰里的那座祠堂，也只露着些废垣残瓦，屋上面连炊烟都没有一丝半缕，像是好久好久没有人住了的样子。并且天气又来得阴森，早晨曾经露一露脸过的太阳，这时候早已深藏在云堆里了，余下来的只是时有时无从侧面吹来的阴飕飕的半箭儿山风。船靠了山脚，跟着前面背着酒菜鱼米的船夫走上严先生祠堂的时候，我心里真有点害怕，怕在这荒山里要遇见一个干枯苍老得同丝瓜筋似的严先生的鬼魂。

在祠堂西院的客厅里坐定，和严先生的不知第几代的裔孙谈了几句关于年岁水旱的话后，我的心跳也渐渐儿地镇静下去了，嘱托了他以煮饭烧菜的杂务，我和船家就从断碑乱石中间爬上了钓台。

东西两石垒，高各有二三百尺，离江面约两里来远，东西台相去只有一二百步，但其间却夹着一条深谷。立在东台，可以看得出罗芷的人家，回头展望来路，风景似乎散漫一点，而一上谢氏的西台，向西望去，则幽谷里的清景，却绝对地不像是在人间了。我虽则没有到过瑞士，但到了西台，朝西一看，立时就想起了曾在照片上看见过的威廉退儿的祠堂。这四山的幽静，这江水的青蓝，简直同在画片上的珂罗版色彩，一色也没有两样，所不同的就是在这儿的变化更多一点，周围的环境更芜杂不整齐一点而已，但这却是好处，这正是足以代表东方民族性的颓废荒凉的美。

从钓台下来，回到严先生的祠堂——记得这是洪杨以后严州知府戴槃重建的祠堂——西院里饱啖了一顿酒肉，我觉得有点酩酊微醉了。手拿着以火柴柄制成的牙签，走到东面供着严先生神像的龛前，向四面的破壁上一看，翠墨淋漓，题在那里的，竟多是些俗而不雅的过路高官的手笔。最后到了南面的一块白墙头上，在离屋檐不远的一角高处，却看到了我们的一位新近去世的同乡夏灵峰先生的四句似邵尧夫而又略带感慨的诗句。夏灵峰先生虽则只知崇古，不善处今，但是五十年来，像他那样的顽固自尊的亡清遗老，也的确是没有第二个人。比较起现在的那些官迷的南满尚书和东洋宦婢来，他的经术言行，姑且不必去论它，就是以骨头来称称，我想也要比什么罗三郎郑太郎辈，重到好几百倍。慕贤的心一动，熏人臭技自然是难熬了，堆起了几张桌椅，借得了一支破笔，我也向高墙上在夏灵峰先生的脚后放上了一个陈屁，就是在船舱的梦里，也曾微吟过的那一首歪诗。

从墙头上跳将下来，又向龛前天井去走了一圈，觉得酒后的干喉，有点渴痒了，所以就又走回到了西院，静坐着喝了两碗清茶。在这四大无声，只听见我自己的啾啾喝水的舌音冲击到那座破院的败壁上去的寂静中间，同惊雷似的一响，院后的竹园里却忽而飞出了一声闲长而又有节奏似的鸡啼的声来。同时在门外面歇着的船家，也走进了院门，高声地对我说：

"先生，我们回去罢，已经是吃点心的时候了，你不听见那只鸡在后山啼么？我们回去罢！"

骆驼祥子（节选）

老 舍

【第二十四章】

又到了朝顶进香的时节，天气暴热起来。

卖纸扇的好像都由什么地方忽然一齐钻出来，挎着箱子，箱上的串铃哗啷哗啷地引人注意。道旁，青杏已论堆儿叫卖，樱桃照眼得发红，玫瑰枣儿盆上落着成群的金蜂，玻璃粉在大瓷盆内放着层乳光，扒糕与凉粉的挑子收拾得非常的利落，摆着各样颜色的作料，人们也换上浅淡而花哨的单衣，街上突然增加了许多颜色，像多少道长虹散落在人间。清道夫们加紧地工作，不住地往道路上泼洒清水，可是轻尘依旧往起飞扬，令人烦躁。轻尘中却又有那长长的柳枝，与轻巧好动的燕子，使人又不得不觉到爽快。一种使人不知怎样好的天气，大家打着懒长的哈欠，疲倦而又痛快。

秧歌，狮子，开路，五虎棍，和其他各样的会，都陆续地往山上去。敲着锣鼓，挑着箱笼，打着杏黄旗，一当儿跟着一当儿，给全城一些异常的激动，给人们一些渺茫而又亲切的感触，给空气中留下些声响与埃尘。赴会的，看会的，都感到一些热情，虔诚，与兴奋。乱世的热闹来自迷信，愚人的安慰只有自欺。这些色彩，这些声音，满天的晴云，一街的尘土，教人们有了精神，有了事做：上山的上山，逛庙的逛庙，看花的看花……至不济的还可以在街旁看看热闹，念两声佛。

天这么一热，似乎把故都的春梦唤醒，到处可以游玩，人人想起点事做，温度催着花草果木与人间享乐一齐往上增长。南北海里的绿柳新蒲，招引来吹着口琴的少年，男男女女把小船放到柳荫下，或荡在嫩荷间，口里吹着情歌，眉眼也会接吻。公园里的牡丹芍药，邀来骚人雅士，缓步徘徊，摇着名贵的纸扇；走乏了，便在红墙前，绿松下，饮几杯足以引起闲愁的清茶，偷眼看着来往的大家闺秀与南北名花。就是那向来冷静的地方，也被和风晴日送来游人，正如送来蝴蝶。崇效寺的牡丹，陶然亭的绿苇，天然博物院的桑林与水稻，都引来人声伞影；甚至于天坛，孔庙与雍和宫，也在严肃中微微有些热闹。好远行的与学生们，到西山去，到温泉去，到颐和园去，去旅行，去乱跑，去采集，去在山石上乱画些字迹。寒苦的人们也有地方去，护国寺，隆福寺，白塔寺，土地庙，花儿市，都比往日热闹：各种的草花都鲜艳地摆在路旁，一两个铜板就可以把"美"带到家中去。豆汁摊上，咸菜鲜丽得像朵大花，尖端上摆着焦红的辣椒。鸡子儿正便宜，炸蛋角焦黄稀嫩得惹人咽着唾液。天桥就更火炽，新席造起的茶棚，一座挨着一座，洁白的桌布，与妖艳的歌女，遥对着天坛墙头上的老松。锣鼓的声音延长到七八小时，天气的爽燥使锣鼓特别地轻脆，击乱了人心。妓女们容易打扮了，一件花洋布单衣便可以漂亮地摆出去，而且显明地露出身上的曲线。好清静的人们也有了去处，积水潭前，万寿寺外，东郊的窑坑，西郊的白石桥，都可以垂钓，小鱼时时碰得嫩苇微微地动。钓完鱼，野茶馆里的猪头肉，捌煮豆腐，白乾酒与盐水豆儿，也能使人醉饱；然后提着钓竿与小鱼，沿着柳岸，踏着夕阳，从容地进入那古老的城门。

到处好玩，到处热闹，到处有声有色。夏初的一阵暴热像一道神符，使这老城处处带着魔力。它不管死亡，不管祸患，不管困苦，到时候它就施展出它的力量，把百万的人心都催眠过去，做梦似的唱着它的赞美诗。它污浊，它美丽，它衰老，它活泼，它杂乱，它安闲，它可爱，它是伟大的夏初的北平。

想北平

老 舍

如果让我写一本小说，以北平作背景，我不至于害怕，因为我可以捡着我知道的写，而躲开我所不知道的。但要让我把北平一一道来，我没办法。北平的地方那么大，事情那么多，我知道的真是太少了，虽然我生在那里，一直到二十七岁才离开。以名胜说，我没到过陶然亭，这多可笑！以此类推，我所知道的那点只是"我的北平"，而我的北平大概等于牛的一毛。

　　可是，我真爱北平。这个爱几乎是想说而说不出的。我爱我的母亲，怎样爱？我说不出。在我想做一件事讨她老人家喜欢的时候，我独自微微地笑着；在我想到她的健康而不放心的时候，我欲落泪。言语是不够表现我的心情的，只有独自微笑或落泪才足以把内心表达出来。我爱北平也近乎这个。夸奖这个古城的某一点是容易的，可是那就把北平看得太小了。我所爱的北平不是枝枝节节的一些什么，而是整个儿与我的心灵相黏合的一段历史，一大块地方，多少风景名胜，从雨后什刹海的蜻蜓一直到我梦里的玉泉山的塔影，都积凑到一块，每一小的事件中有个我，我的每一思念中有个北平，这只有说不出而已。

真愿成为诗人，把一切好听好看的字都浸在自己的心血里，像杜鹃似的啼出北平的俊伟。我不是诗人，我将永远道不出我的爱，一种像由音乐与图画所引起的爱。这不但是辜负了北平，也对不住我自己，因为我最初的知识与印象都得自北平，它在我的血里，我的性格与脾气里有许多地方是这古城所赐给的。我不能爱上海与天津，因为我心中有个北平。可是我说不出来！

伦敦、巴黎、罗马与堪司坦丁堡，曾被称为欧洲的四大"历史的都城"。我知道一些伦敦的情形；巴黎与罗马只是到过而已；堪司坦丁堡根本没有去过。就伦敦、巴黎、罗马来说，巴黎更近似北平——虽然"近似"两字要拉扯得很远——不过，假使让我"家住巴黎"，我一定会和没有家一样地感到寂苦。巴黎，据我看，还太热闹。自然，那里也有空旷静寂的地方，可是又未免太旷，不像北平那样既复杂而又有个边际，使我能摸着——那长着红酸枣的老城墙！面向着积水潭，背后是城墙，坐在石上看水中的小蝌蚪或苇叶上的嫩蜻蜓，我可以快乐地坐一天，心中完全安适，无所求也无可怕，像小儿安睡在摇篮里。是的，北平也有热闹的地方，但是它和太极拳相似，动中有静。巴黎有许多地方使人疲乏，所以咖啡与酒是必要的，以便刺激；在北平，有温和的香片茶就够了。

虽说巴黎的布置已比伦敦罗马匀调得多了，可是比起北平还差点儿。北平在人为之中显出自然，既不挤得慌，又不太僻静，连最小的胡同里的房子也有院子与树，最空旷的地方也离买卖街与住宅区不远。北平的好处不在处处设备得完全，而在它处处有空儿，可以使人自由地喘气；不在有许多美丽的建筑，而在建筑的四围都有空闲的地方，使它们成为美景。每一个城楼，每一个牌楼，都可以从老远就看见。况且在街上还可以看见北山与西山呢！

好学的，爱古物的人们自然喜欢北平，因为这里书多古物多。我不好学，也没钱买古物，我却喜爱北平的花多菜多果子多。花草是种费钱的玩意儿，可是北平的"草花儿"很便宜，而且家家有院子，可以花不多的钱而种一院子花。墙上的牵牛，墙根的靠山竹与草茉莉，省钱省事而且会招来翩翩的蝴蝶！至于青菜、白菜、扁豆、毛豆角、黄瓜、菠菜等等，大多数是直接由城外担来送到家门口的。雨后，韭菜叶上还往往带着雨时溅起的泥点。青菜摊子上的红红绿绿几乎有诗一般的美丽。果子有不少是从西山与北山来的，西山的沙果、海棠，北山的黑枣、柿子，进了城还带着一层白霜儿，美国包着纸的橘子遇到北平带霜儿的玉李，还不愧杀！

是的，北平是个都城，而能有好多自己产生的花，菜，水果，这就使人更接近了自然。从它里面说，它没有像伦敦的那些成天冒烟的工厂；从外面说，它紧连着园林、菜圃与农村。采菊东篱下，在这里，确是可以悠然见南山的。像我这样的一个贫寒的人，或者只有在北平才能享受一点清福吧。

好，不再说了吧；要落泪了，真想念北平呀！

扬州的夏日

朱自清

扬州从隋炀帝以来，是诗人文士所称道的地方；称道得多了，称道得久了，一般人便也随声附和起来。直到现在，你若向人提起扬州这个名字，他会点头或摇头说："好地方！好地方！"特别是没去过扬州而有念过唐诗的人，在他心里，扬州真像蜃楼海市一般美丽；他若念过《扬州画舫录》一类书，那更了不得了。但在一个久住扬州像我的人，他却没有那么多美丽的幻想，他的憎恶也许掩住了他的爱好；他也许离开了三四年并不去想它。若是想呢，你说他想什么？女人，不错，这似乎也有名，但怕不是现在的女人吧？他只会想着扬州的夏日，虽然与女人仍然不无关系的。

北方和南方一个大不同，在我看，就是北方无水而南方有。诚然，北方今年大雨，永定河、大清河甚至决了堤防，但这并不能算是有水；北平的三海和颐和园虽然有点儿水，但太平衍了，一览而尽，船又那么笨头笨脑的。有水的仍然是南方。扬州的夏日，好处大半便在水上——有人称为"瘦西湖"，这个名字真是太"瘦"了，假西湖之名以行，"雅得这样俗"，老实说，我是不喜欢的。下船的地方便是护城河，曼延开去，曲曲折折，直到平山堂——这是你们熟悉的名字——有七八里河道，还有许多权权丫丫的支流。这条河其实也没有顶大的好处，只是曲折而有些幽静，和别处不同。

沿河最著名的风景是小金山、法海寺、五亭桥；最远的便是平山堂了。金山你们是知道的，小金山却在水中央。在那里望水最好，看月自然也不错——可是我还不曾有过那样福气。"下河"的人十之九是到这儿的，人不免太多些。法海寺有一个塔，和北海的一样，据说是乾隆皇帝下江南，盐商们连夜督促匠人造成的。法海寺著名的自然是这个塔；但还有一桩，你们猜不着，是红烧猪头。夏天吃红烧猪头，在理论上也许不甚相宜；可是在实际上，挥汗吃着，倒也不坏的。五亭桥如名字所示，是五个亭子的桥。桥是拱形，中一亭最高，两边四亭，参差相称；最宜远看，或看影子，也好。桥洞颇多，乘小船穿来穿去，另有风味。平山堂在蜀冈上。登堂可见江南诸山淡淡的轮廓；"山色有无中"一句话，我看是恰到好处，并不算错。这里游人较少，闲坐在山上，可以永日。沿路光景，也以闲寂胜。从天宁门或北门下船，蜿蜒的城墙，在水里倒映着苍黝的影子，小船悠然地撑过去，岸上的喧扰像没有似的。

　　船有三种：大船专供宴游之用，可以挟妓或打牌。小时候常跟了父亲去，在船里听着谋得利洋行的唱片。现在这样乘船的大概少了吧？其次是"小划子"，真像一瓣西瓜，由一个男人或女人用竹篙撑着。乘的人多了，便可雇两只，前后用小凳子跨着：这也可算得"方舟"了。后来又有一种"洋划"，比大船小，比"小划子"大，上支布篷，可以遮日遮雨。"洋划"渐渐地多，大船渐渐地少，然而"小划子"总是有人要的。这不独因为价钱最贱，也因为它的伶俐。一个人坐在船中，让一个人在船尾上用竹篙一下一下地撑着，简直是一首唐诗，或一幅山水画。而有些好事的少年，愿意自己撑船，也非"小划子"不行。"小划子"虽然便宜，却也有些分别。譬如说，你们也可想到的，女人撑船总要贵些；姑娘撑的自然更要贵了。这些撑船的女子，便是有人说过的"瘦西湖上的船娘"。船娘们的故事大概不少，但我不很知道。据说以乱头粗服，风趣天然为胜；中年而有风趣，也仍然算好。可是起初原是逢场作戏，或尚不伤廉惠；以后居然有了价格，便觉意味索然了。

北门外一带，叫作下街，"茶馆"最多，往往一面临河。船行过时，茶客与乘客可以随便招呼说话。船上人若高兴时，也可以向茶馆中要一壶茶，或一两种"小笼点心"，在河中喝着，吃着，谈着。回来时再将茶壶和所谓小笼，连价款一并交给茶馆中人。撑船的都与茶馆相熟，他们不怕你白吃。扬州的小笼点心实在不错：我离开扬州，也走过七八处大大小小的地方，还没有吃过那样好的点心；这其实是值得惦记的。茶馆的地方大致总好，名字也颇有好的。如香影廊、绿杨村、红叶山庄，都是到现在还记得的。绿杨村的幌子，挂在绿杨树上，随风飘展，使人想起"绿杨城郭是扬州"的名句。里面还有小池，丛竹，茅亭，景物最幽。这一带的茶馆布置都历落有致，迥非上海、北平方方正正的茶楼可比。

"下河"总是下午。傍晚回来，在暮霭朦胧中上了岸，将大褂折好搭在腕上，一手微微摇着扇子；这样进了北门或天宁门走回家中。这时候可以念"又得浮生半日闲"那一句诗了。

我所生长的地方

沈从文

拿起我这支笔来，想写点我在这地面上二十年所过的日子，所见的人物，所听的声音，所嗅的气味，也就是说我真真实实所受的人生教育，首先提到一个我从那儿生长的边疆僻地小城时，实在不知道怎样来着手就较方便些。我应当照城市中人的口吻来说，这真是一个古怪地方！只由于两百年前满人治理中国土地时，为镇抚与虐杀残余苗族，派遣了一队戍卒屯丁驻扎，方有了城堡与居民。这古怪地方的成立与一切过去，有一部《苗防备览》记载了些官方文件，但那只是一部枯燥无味的官书。我想把我一篇作品里所简单描绘过的那个小城，介绍到这里来。这虽然只是一个轮廓，但那地方一切情景，却浮凸起来，仿佛可用手去摸触。

一个好事人，若从一百年前某种较旧一点的地图上去寻找，当可在黔北、川东、湘西一处极偏僻的角隅上，发现一个名为"镇篁"的小点。那里同别的小点一样，事实上应当有一个城市，在那城市中，安顿下三五千人口。不过一切城市的存在，大部分皆在交通、物产、经济活动情形下面，成为那个城市枯荣的因缘，这一个地方，却以另外一种意义无所依附而独立存在。试将那个用粗糙而坚实巨大石头砌成的圆城作为中心，向四方展开，围绕了这边疆僻地的孤城，约有七千多座碉堡，二百左右的营汛。碉堡各用大石块堆成，位置在山顶头，随了山岭脉络蜿蜒各处走去；营汛各位置在驿路上，布置得极有秩序。这些东西在一百八十年前，是按照一种精密的计划，各保持相当距离，在周围数百里内，平均分配下来，解决了退守一隅常作"蠢动"的边苗"叛变"的。两世纪来满清的暴政，以及因这暴政而引起的反抗，血染红了每一条官路同每一个碉堡。到如今，一切完事了，碉堡多数业已毁掉了，营汛多数成为民房了，人民已大半同化了。落日黄昏时节，站到那个巍然独立在万山环绕的孤城高处，眺望那些远近残毁碉堡，还可依稀想见当时角鼓火炬传警告急的光景。这地方到今日，已因为变成另外一种军事重心，一切皆用一种迅速的姿势在改变，在进步，同时这种进步，也就正消灭到过去一切。

　　凡有机会追随了屈原溯江而行那条常年澄清的沅水，向上游去的旅客和商人，若打量由陆路入黔入川，不经古夜郎国，不经永顺、龙山，都应当明白"镇筸"是个可以安顿他的行李最可靠也最舒服的地方。那里土匪的名称不习惯于一般人的耳朵。兵卒纯善如平民，与人无侮无扰。农民勇敢而安分，且莫不敬神守法。商人各负担了花纱同货物，洒脱单独向深山中村庄走去，与平民做有无交易，谋取什一之利。地方统治者分数种：最上为天神，其次为官，又其次才为村长同执行巫术的神的侍奉者。人人洁身信神，守法爱官。每家俱有兵役，可按月各自到营上领取一点银子，一份米粮，且可从官家领取二百年前被政府所没收的公田耕耨播种。城中人每年各按照家中有无，到天王庙去杀猪，宰羊，礫狗，献鸡，献鱼，求神保佑五谷的繁殖，六畜的兴旺，儿女的长成，以及作疾病婚丧的禳解。人人皆依本分担负官府所分派的捐款，又自动地捐钱与庙祝或单独执行巫术者。一切事保持一种淳朴习惯，遵从古礼；春秋二季农事起始与结束时，照例有年老人向各处人家敛钱，给社稷神唱木傀儡戏。旱暵祈雨，便有小孩子共同抬了活狗，带上柳条，或扎成草龙，各处走去。春天常有春官，穿黄衣各处念农事歌词。岁暮年末，居民便装饰红衣傩神于家中正屋，捶大鼓如雷鸣，苗巫穿鲜红如血衣服，吹镂银牛角，拿铜刀，踊跃歌舞娱神。城中的住民，多当时派遣移来的戍卒屯丁，此外则有江西人在此卖布，福建人在此卖烟，广东人在此卖药。地方由少数读书人与多数军官，在政治上与婚姻上两面的结合，产生一个上层阶级，这阶级一方面用一种保守稳健的政策，长时期管理政治，一方面支配了大部分属于私有的土地。而这阶级的来源，却又仍然出于当年的戍卒屯丁。地方城外山坡上产桐树杉树，矿坑中有朱砂水银，松林里生菌子，山洞中多硝。城乡全不缺少勇敢忠诚适于理想的兵士，与温柔耐劳适于家庭的妇人。在军校阶级厨房中，出异常可口的菜饭，在伐树砍柴人口中，出热情优美的歌声。

地方东南四十里接近大河，一道河流肥沃了平衍的两岸，多米，多橘柚。西北二十里后，即已渐入高原，近抵苗乡，万山重叠，大小重叠的山中，大杉树以长年深绿逼人的颜色，蔓延各处。一道小河从高山绝涧中流出，汇集了万山细流，沿了两岸有杉树林的河沟奔驶而过，农民各就河边编缚竹子做成水车，引河中流水，灌溉高处的山田。河水常年清澈，其中多鳜鱼、鲫鱼、鲤鱼，大的比人脚板还大。河岸上那些人家里，常常可以见到白脸长身见人善作媚笑的女子。小河水流环绕"镇筸"北城下驶，到一百七十里后方汇入辰河，直抵洞庭。

这地方又名凤凰厅，到民国后便改成了县治，名凤凰县。辛亥革命后，湘西镇守使与辰沅道皆驻节在此地。地方居民不过五六千，驻防各处的正规兵士却有七千。由于环境的不同，直到现在其地绿营兵役制度尚保存不废，为中国绿营军制唯一残留之物。

我就生长到这样一个小城里，将近十五岁时方离开。出门两年半回过那小城一次以后，直到现在为止，那城门我不曾再进去过。但那地方我是熟悉的。现在还有许多人生活在那个城市里，我却常常生活在那个小城过去给我的印象里。

峨眉山下

郭沫若

我的故乡是在峨眉山下，离嘉定城有七十五里路。大渡河从西南流来，在峨眉山的第二峰和第三峰之间打了一个大弯，又折而向东北流去。因此我的家所在地，就名叫沙湾。地在山与水之间，太阳是从渡河的东岸出土，向峨眉山的北后落下去。

　　山很高，除掉时为浓雾所隐藏，或冬天来很早就戴上雪帽之外，一片青苍，没有多么大的变化。

　　水流虽然比起上游来已经从群山之中解放了，但依然相当湍急，因此颇有放纵不羁之概；河面相当辽阔，每每有大小的洲屿，戴着新生的杂木。春夏虽然青翠，入了冬季便成为疏落的寒林。水色，除夏季洪水期限呈出红色之处，是浓厚的天青。远近的滩声不断地唱和着。

　　外边去的人每每称赞这儿的风景很好。有山有水，而且规模宏大，胜过江南。论道理是该有它的好处，但不知怎的，我自己并不感觉着它的美。这或许是太习惯的缘故吧？我直到十三岁下乐山城读书为止，每天朝夕和它相对，足足十三年，怕因此使我生出了感觉上的麻木吧？真的，就是现在，我于它也没有留恋。旧时代的思乡情绪，在我是完全枯涸了。或许是不应该，但我不想掩饰。倒是乐山城的风物，多少还有使我留恋的地方，那便是乌尤山附近和那对岸的大坝。其所以使我留恋者倒并不因为故，而是因为新。

我在乐山城住小学、中学，一共住四年，奇妙的是和城仅隔一衣带水的乌尤山，我却一次也不曾去过。

乐山城本身并没有什么好处。虽然王渔洋说过"天下之山水在蜀，蜀之山水在嘉州"，但这所说的应该不是指的城的本身吧。

大渡河和南下的岷江在城的东北隅合流而东行，和城相对的北岸有凌云山、乌尤山、马鞍山，鳞次而立，与西南面的峨眉三峰遥遥相对。在凌云山上有唐代韦皋镇蜀时海通和尚所凿成的与山等高的石佛，临江而坐。山顶又有苏东坡的读书楼。因此这个地方一向便成为骚人墨客所好游的名地。

乌尤山本名乌牛山，以山木葱茏、青翠至极有类于乌，而形则似牛，故名乌牛。一说秦时蜀郡太守李冰所凿离堆即此。它是与岸隔绝了的一座孤耸的岛屿。由乌牛而乌尤，是王渔洋使它雅化了的。山上有乌尤寺，有汉代郭舍人注《尔雅》处的尔雅台。论山境的清幽，乌尤实在凌云之上。

奇怪的是我在乐山读书的四年间，正是我十三岁至十六七好游的少年时期，我虽然常常往游凌云，而却不曾去乌尤一次。游乌尤，是在抗战期中回乡，离开了故乡二十六年后的一九三〇年。凌云是彻底俗化，而且颓废了。石佛化了妆，一个面孔被石灰涂补得不成名器。东坡楼住着些散兵游勇。洗砚池是一池的杂草。但乌尤山却给予了我新鲜的感触。毫无疑问，是要感谢我是第一次的来游。

乌尤寺同样带着浓厚的俗气，并不佳妙。但山的本身好，树木好，山道好。尔雅台在危崖头，下临大江，在林深箐密中只能听得下面的滩声，而看不见流水，那也恰到好处。我就喜欢这些。晚间或凌晨，在那山下泛舟，有一种清森的净趣，也很值得玩味。

王渔洋所赏识的应该是这些地方吧？只有这些使我有些系念。那山对岸的胡家坝，一片空阔也令人有心胸开朗之感。但这情趣也是我在一九四〇年回乐山时才领略了的，学生时代也不曾前去玩味过。

假使要把范围放宽些，乐山城也应该可以说是我的故乡。但不应该得很，我对于它怎么也引不起我的怀乡病了。是我自己的感情枯涸了吗？还是时代使然呢？

峨眉山对我倒还保持着它的神秘性。我虽然在那山下活了十几年，但不曾上过山去。因此它的好处，实在我也不知道。专为好奇心所驱遣，如有机会去游游金顶，我倒也并不反对。峨眉山之于我，也仿佛泰山之于我一样了。

失眠的夜

萧　红

为什么要失眠呢！烦躁，恶心，心跳，胆小，并且想要哭泣。我想想，也许就是故乡的思虑罢。

　　窗子外面的天空高远了，和白棉一样绵软的云彩低近了，吹来的风好像带点草原的气味，这就是说已经是秋天了。

　　在家乡那边，秋天最可爱。

　　蓝天蓝得有点发黑，白云就像银子做成一样，就像白色的大花朵似的点缀在天上；又像沉重得快要脱离开天空而坠了下来似的，而那天空就越显得高了，高得再没有那么高的。

　　昨天我到朋友们的地方走了一遭，听来了好多的心愿——那许多心愿综合起来，又都是一个心愿——这回若真的打回满洲去，有的说，煮一锅高粱米粥喝；有的说，咱家那地豆多么大！说着就用手比量着，这么碗大；珍珠米，老的一煮就开了花的，一尺来长的；还有的说，高粱米粥、咸盐豆。还有的说，若真的打回满洲去，三天二夜不吃饭，打着大旗往家跑。跑到家去自然也免不了先吃高粱米粥或咸盐豆。

比方高粱米那东西，平常我就不愿吃，很硬，有点发涩（也许因为我有胃病的关系），可是经他们这一说，也觉得非吃不可了。

但是什么时候吃呢？那我就不知道了。而况我到底是不怎样热烈的，所以关于这一方面，我终究不怎样亲切。

但我想我们那门前的蒿草，我想我们那后园里开着的茄子的紫色的小花，黄瓜爬上了架。而那清早，朝阳带着露珠一齐来了！

我一说到蒿草或黄瓜，三郎就向我摆手或摇头："不，我们家，门前是两棵柳树，树荫交织着做成门形。再前面是菜园，过了菜园就是门。那金字塔形的山峰正向着我们家的门口，而两边像蝙蝠的翅膀似的向着村子的东方和西方伸展开去。而后园黄瓜、茄子也种着，最好看的是牵牛花在石头桥的缝际爬遍了，早晨带着露水牵牛花开了……"

"我们家就不这样，没有高山，也没有柳树……

只有……"我常常这样打断他。

有时候，他也不等我说完，他就接下去。我们讲的故事，彼此都好像是讲给自己听，而不是为着对方。

只有那么一天，买来了一张《东北富源图》挂在墙上了，染着黄色的平原上站着小鸟，小羊，还有骆驼，还有牵着骆驼的小人；海上就是些小鱼，大鱼，黄色的鱼，红色的好像小瓶似的大肚的鱼，还有黑色的大鲸鱼；而兴安岭和辽宁一带画着许多和海涛似的绿色的山脉。

他的家就在离着渤海不远的山脉中，他的指甲在山脉爬着："这是大凌河……这是小凌河……哼……没有，这个地图是个不完全的，是个略图……"

"好哇！天天说凌河，哪有凌河呢！"我不知为什么一提到家乡，常常愿意给他扫兴一点。

"你不相信！我给你看。"他去翻他的书橱去了，"这不是大凌河……小凌河……小孩的时候在凌河沿上捉小鱼，拿到山上去，在石头上用火烤着吃……
这边就是沈家台，离我们家二里路……"因为是把
地图摊在地板上看的缘故，一面说着，他一面用手
扫着他已经垂在前额的发梢。

《东北富源图》就挂在床头，所以第二天早晨，
我一张开了眼睛，他就抓住了我的手：

"我想将来我回家的时候，先买两匹驴，一匹
你骑着，一匹我骑着……先到我姑姑家，再到我姐
姐家……顺便也许看看我的舅舅去……我姐姐很爱
我……她出嫁以后，每回来一次就哭一次，姐姐一哭，
我也哭……这有七八年不见了！也都老了。"

那地图上的小鱼，红的，黑的，都能够看清，
我一边看着，一边听着，这一次我没有打断他，或
给他扫一点兴。

"买黑色的驴，挂着铃子，走起来……铛嘟嘟
嘟嘟嘟嘟……"他形容着铃音的时候，就像他的嘴
里边含着铃子似的在响。

"我带你到沈家台去赶集。那赶集的日子，热

闹！驴身上挂着烧酒瓶……我们那边，羊肉非常便宜……羊肉炖片粉……真有味道！哎呀！这有多少年没吃那羊肉啦！"他的眉毛和额头上起着很多皱纹。

我在大镜子里边看了他，他的手从我的手上抽回去，放在他自己的胸上，而后又背着放在枕头下面去，但很快地又抽出来。只理一理他自己的发梢又放在枕头上去。

而我，我想：

"你们家对于外来的所谓'媳妇'也一样吗？"我想着这样说了。

这失眠大概也许不是因为这个。但买驴子的买驴子，吃咸盐豆的吃咸盐豆，而我呢？坐在驴子上，所去的仍是生疏的地方，我停着的仍然是别人的家乡。

家乡这个观念，在我本不甚切的，但当别人说起来的时候，我也就心慌了！虽然那块土地在没有成为日本的之前，"家"在我就等于没有了。

这失眠一直继续到黎明之前，在高射炮的声中，我也听到了一声声和家乡一样的震抖在原野上的鸡鸣。

故乡的风采

冰 心

一九一一年冬天当我从波澜壮阔的渤海边的山东烟台，回到微波粼粼的碧绿的闽江边的福建福州时，我曾写过这样的惊喜的话：

我只知道有蔚蓝的海
却原来还有这碧绿的江
这是我的父母之乡！

在这山清水秀，柳绿花红的父母之乡的大家庭温暖热闹的怀抱里，我度过了新年、元宵、端午、中秋等绚烂节日，但是使我永远不忘的却是端午节。

我的曾祖父是在端午那一天逝世的，所以在我们堂屋后厅的墙上，高高地挂着曾祖父的画像，两旁挂着一副祖父手书的对联是：

难道五丝能续命
每逢佳节倍思亲

虽然每年的端午节，我们四房的十几个堂兄弟姐妹，总是互相炫示从自己的外婆家送来的红兜肚五色线缠成的小粽子和绣花的小荷包等，但是一看到祖父在这一天却是特别地沉默时，我们便悄悄地躲到后花园里去纵情欢笑。

对于我，故乡的"绿"，最使我倾倒！无论是竹子也好，榕树也好……其实最伟大的还是榕树。它是油绿油绿的，在巨大的树干之外，它的繁枝，一垂到地上，就入土生根。走到一棵大榕树下，就像进入一片凉爽的丛林，怪不得人称福州为榕城，而我的二堂姐的名字，也叫作"婉榕"。

福州城内还有三座山：乌石山、于山和屏山。（一九三六年我到意大利的罗马时，当罗马友人对我夸说罗马城是建立在七座山头时，我就笑说：在我们中国的福建省小小的围墙内，也就有三座山。）我只记得我去过乌石山，因为在那座山上有两块很平滑的大石头，相倚而立，十分奇特，人家说这叫作"桃瓣李片"，因为它们像是一片桃子和一片李子倚在一起，这两片奇石给我的印象很深。

现在我要写的是："天下之最"的福州的健美的农妇！我在从闽江桥上坐轿子进城的途中，向外看时惊喜地发现满街上来来往往的尽是些健美的农妇！她们皮肤白皙，乌黑的头发上插着左右三条刀刃般雪亮的银簪子，穿着青色的衣裤，赤着脚，袖口和裤腿都挽了起来，肩上挑的是菜筐、水桶以及各种各色可以用肩膀挑起来的东西，健步如飞，充分挥洒出解放了的妇女的气派！这和我在山东看到的小脚女人跪在田地里做活的光景，心理上的苦乐有天壤之别。我的心底涌出了一种说不出来的痛快！在以后的几十年中，我也见到了日本、美国、英国、法国和苏联的农村妇女，觉得天下没有一个国家的农村妇女，能和我故乡的"三条簪"相比，在俊俏上，在勇健上，在打扮上，都差得太远了！

我也不要光谈故乡的妇女，还有几位长者，是我祖父的朋友，在国内也是名人：第一位是严复老先生，就是他把我的十七岁的父亲带到他任教的天津水师学堂去的。我在父亲的书桌上看到了严老先生译的英国名家斯宾塞写的《群学肄言》和穆勒写的《群己权界论》等等。这些社会科学的名著，我当然看不懂，但我知道这都是风靡一时的新书，在社会科学界评价很高。

在祖父的书桌上，我还看到一本线装的林纾译的《茶花女遗事》。那是一本小说，林纾老先生不懂外文，都是别人口述，由他笔译的。我非常喜欢他的文章，只要书店里有林译小说，我都去买来看。他的译文十分传神，以后我自己能读懂英文原著时，如《汤姆叔叔的小屋》，林译作《黑奴吁天录》，我觉得原文就不如译本深刻。

关于林纾（琴南）老先生，我还从梅兰芳先生那里听到一些逸事，那是五十年代中期，我们都是人大代表的时候，梅先生说：他和福芝芳女士结婚时，林老先生曾送他们一条横幅，"芝兰之室"。还有一次是为福建什么天灾（我记得仿佛那是我十三四岁时的事）募捐在北京演戏，梅先生不要报酬，只要林琴南老先生的一首诗，当时梅先生曾念给我听，我都记不完全了，记得是：

雪作精神玉不瑕
×××× 鬓堆鸦
剧怜宝月珠灯夜
吹彻银笙演葬花

此外还有林则徐老先生，他的丰功伟业，如毅然火烧英商运来的鸦片，以及贬谪后到了伊犁，为吐鲁番农民掘"坎儿井"的事，几乎家弦户诵不必多说了。我却记得我福州家里有他写的一副对联：

海纳百川有容乃大
壁立千仞无欲则刚

比他们年轻的一代，如在黄花岗七十二烈士碑上，我找到已知是福建人的有三位：方声洞，林觉民，陈可钧，而陈可钧还得叫我表姑呢。

　　一提起我的父母之乡，我的思绪就纷至沓来，不知从哪里说起，我的客人又多，这篇文章不知中断了几次，就此搁笔吧。在此我敬祝我的人杰地灵的父母之乡，永远像现在这样地繁荣富强下去！

老北京的小胡同

萧　乾

我是在北京的小胡同里出生并长大的。由于我那个从未见过面的爸爸在世时管开关东直门，所以东北城角就成了我早年的世界。四十年代我在海外漂泊时，每当思乡，我想的就是北京的那个角落。我认识世界就是从那里开始的。

　　还是位老姑姑告诉我说，我是在羊管（或羊倌）胡同出生的。七十年代读了美国黑人写的那本《根》，我也去寻过一次根。大约三岁上我就搬走了，但印象中我们家好像是坐西朝东，门前有一排垂杨柳。当然，样子全变了。九十年代一位摄影记者非要拍我念过中学的崇实学校（今北京二十一中），顺便把我拉到羊管胡同，在那牌子下面只拍了一张。

　　其实，我开始懂事是在裤裆坑。十岁上，我母亲死在菊儿胡同。我曾在小说《落日》中描写过她的死，又在《俘虏》中写过菊儿胡同旁边的大院——那是我的仲夏夜之梦。

　　母亲去世后，我寄养在堂兄家里。当时我半工半读：织地毯和送羊奶，短不了走街串巷。高中差半年毕业（一九二七年冬），因"学运"被变相开除，远走广东潮汕。一九二九年虽然又回到北平上大学，但那时过的是校园生活了。我这辈子只有头十七年是真正生活在北京的小胡同里。那以后，我就走南闯北了。可是不论我走到哪里，在梦境里，我的灵魂总在那几条小胡同里转悠。

啊，胡同里从早到晚是一曲动人的交响乐。大清早就是一阵接一阵的叫卖声。挑子两头是"芹菜辣青椒，韭菜黄瓜"，碧绿的叶子上还滴着水珠。过一会儿，卖"江米小枣年糕"的车子推过来了。然后是叮叮当当的"锔盆锔碗"的。最动人心弦的是街头理发师手里那把铁玩意儿，嘭啦一声就把空气荡出漾漾花纹。

北京的叫卖声最富季节性。春天是"蛤蟆骨朵儿大甜螺蛳'，夏天是莲蓬和凉粉儿，秋天的炒栗子炒得香喷喷黏糊糊的，冬天"烤白薯真热火"。

我最喜欢听夜晚的叫卖声。夜晚叫卖的特点是徐缓、拖尾，而且当中必有段间歇——有时还挺长，像"硬面——饽饽",中间好像还有休止符。比较干脆的是卖熏鱼的或者"算灵卦"的。

另外是夜行人:有戏迷,也有醉鬼,尖声唱着"一马离了"或"苏三离了洪洞县"。这么唱也不知是为了满足一下无处发挥的表演欲呢,还是走黑道发怵,在给自己壮胆。

那时我是个穷孩子,可穷孩子也有买得起的玩具。两几个钱就能买支转个不停的小风车。去隆福寺买几个模子,黄土和起泥,就刻起泥饽饽。春天,大院的天空就成了风筝的世界。阔孩子放沙雁,穷孩子也能用秫秸糊个屁股帘儿。反正也能飞起,衬着蓝色的天空,大摇大摆。小心坎儿可乐了,好像自己也上了天。

夏天,我还常钻到东直门的芦苇塘里去捉蛤蟆,要么就在坟堆旁边逮蛐蛐——还有油葫芦。蛐蛐会咬架,油葫芦个头大,但不咬。它叫起来可优雅啦。当然,金钟更好听,却难得能抓到一只。这些,我都是养在泥罐子里,每天给一两颗毛豆、一点水就

113

成了。

北京还有一种死胡同，有点像上海的弄堂。可是弄堂里见不到阳光。北京胡同里的平房，多么破，也不缺乏阳光。

胡同可以说是一种中古民用建筑。我在伦敦和慕尼黑的古城都见到过类似的胡同。伦敦英格兰银行旁边就有一条窄窄的"针鼻巷"，很像北京的胡同。他们舍得加固，可真舍不得拆。新加坡的城市现代化就搞猛了。四十年代我两次过狮城，很有东方味道。八十年代再去，认不得了。幸而他们还保留了一条"牛车水"。我每次去新加坡必去那里吃碗排骨茶，边吃边想着老北京的豆浆油炸果。

但愿北京能少拆几条、多留几条胡同。

绵绵土

牛 汉

那是个不见落日和霞光的灰色的黄昏。天地灰得纯净，再没有别的颜色。

踏上塔克拉玛干大沙漠，我恍惚回到了失落了多年的一个梦境。几十年来，我从来不会忘记，我是诞生在沙土上的。人们准不信，可这是千真万确的。我的第一首诗就是献给从没看见过的沙漠。

年轻时，有几年我在深深的陇山山沟里做着遥远而甜蜜的沙漠梦，不要以为沙漠是苍茫而干涩的，年轻的梦都是甜的。由于我的家族的历史与故乡人们走西口的说不完的故事，我的心灵从小就像有着血缘关系似的向往沙漠，我觉得沙漠是世界上最悲壮最不可驯服的野地方。它空旷得没有边沿，而我向往这种陌生的境界。

此刻，我真的踏上了沙漠，无边无沿的沙漠，仿佛天也是沙的，全身心激荡着近乎重逢的狂喜。没有模仿谁，我情不自禁地五体投地，伏在热的沙漠上。我汗湿的前额和手心，沾了一层细细的闪光的沙。

半个世纪以前，地处滹沱河上游苦寒的故乡，孩子都诞生在铺着厚厚的绵绵土的炕上。我们那里把极细柔的沙土叫作绵绵土。“绵绵”是我一生中觉得最温柔的一个词，辞典里查不到，即使查到也不是我说的意思。孩子必须诞生在绵绵土上的习俗是怎么形成的，祖祖辈辈的先人从没有解释过，甚至想都没有想过。它是圣洁的领域，谁也不敢亵渎。它是一个无法解释的活的神话。我的祖先们或许在想：人，不生在土里沙里，还能生在哪里？就像谷子是从土地里长出来一样地不可怀疑。

　　因此，我从母体降落到人间的那一瞬间，首先接触到的是沙土，沙土在热炕上焙得暖乎乎的。我的润湿的小小的身躯因沾满金黄的沙土而闪着晶亮的光芒，就像成熟的谷穗似的。接生我的仙园老姑姑那双大而灵巧的手用绵绵土把我抚摸得干干净净，还凑到鼻子边闻了又闻，“只有土能洗掉血气。”她常常说这句话。

　　我们那里的老人们都说，人间是冷的，出世的婴儿当然要哭闹，但一经触到了与母体里相似的温暖的绵绵土，生命就像又回到了母体里安生地睡去。我相信，老人们这些诗一样美好的话，并没有什么神秘。

我长到五六岁光景，成天在土里沙里厮混。有一天，祖母把我喊到身边，小声说："限你两天扫一罐子绵绵土回来！""做什么用？"我真的不明白。"这事不该你问。"祖母的眼神和声音异常庄严，就像除夕夜里迎神时那种虔诚的神情，"可不能扫粗的脏的。"她叮咛我一定要扫聚在窗棂上的绵绵土，"那是从天上降下来的净土，别处的不要。"

我当然晓得。连麻雀都知道用窗棂上的绵绵土扑棱棱地清理它们的羽毛。

两三天之后我母亲生下了我的四弟。我看到他赤裸的身躯，红润润的，是绵绵土擦洗成那么红的。他的奶名就叫"红汉"。

绵绵土是天上降下来的净土。它是从远远的地方飘呀飞呀地落到我的故乡的。现在我终于找到了绵绵土的发祥地。

　　我久久地伏在塔克拉玛干大沙漠的又厚又软的沙上，百感交集，悠悠然梦到了我的家乡，梦到了与母体一样温暖的我诞生在上面的绵绵土。

　　我相信故乡现在还有绵绵土，但孩子们多半不会再降生在绵绵土上了。我祝福他们。我写的是半个世纪前的事，它是一个远古的梦。但是我这个有土性的人，忘不了对故乡绵绵土的眷恋之情。原谅我这个痴愚的游子吧！

故乡的元宵

汪曾祺

故乡的元宵是并不热闹的。

没有狮子、龙灯，没有高跷，没有跑旱船，没有"大头和尚戏柳翠"，没有花担子、茶担子。这些都在七月十五"迎会"——赛城隍时才有，元宵是没有的。很多地方兴"闹元宵"，我们那里的元宵却是静静的。

有几年，有送麒麟的。上午，三个乡下的汉子，一个举着麒麟——一张长板凳，外面糊纸扎的麒麟，一个敲小锣，一个打镲，咚咚当当敲一气，齐声唱一些吉利的歌。每一段开头都是"格炸炸"：

格炸炸，格炸炸，

麒麟送子到你家……

我对这"格炸炸"印象很深。这是什么意思呢？这是状声词？状的什么声呢？送麒麟的没有表演，没有动作，曲调也很简单。送麒麟的来了，一点也不叫人兴奋，只听得一连串的"格炸炸"。"格炸炸"完了，祖母就给他们一点钱。

街上掷骰子"赶老羊"的赌钱的摊子上没有人。六颗骰子静静地在大碗底卧着。摆赌摊的坐在小板凳上抱着膝盖发呆。年快过完了，准备过年输的钱也输得差不多了，明天还有事，大家都没有赌兴。

草巷口有个吹糖人的。孙猴子舞大刀、老鼠偷油。

北市口有捏面人的。青蛇、白蛇、老渔翁。老渔翁的蓑衣是从药店里买来的夏枯草做的。

到天地坛看人拉"天嗡子"——即抖空竹，拉得很响，天嗡子蛮牛似的叫。

到泰山庙看老妈妈烧香。一个老妈妈鞋底有牛屎，干了。

一天快过去了。

不过元宵要等到晚上，上了灯，才算。元宵元宵嘛。我们那里一般不叫元宵，叫灯节。灯节要过几天，十三上灯，十七落灯。"正日子"是十五。

各屋里的灯都点起来了。大妈（大伯母）屋里是四盏玻璃方灯。二妈屋里是画了红寿字的白明角琉璃灯，还有一张珠子灯。我的继母屋里点的是红琉璃泡子。一屋子灯光，明亮而温柔，显得很吉祥。

上街去看走马灯。连万顺家的走马灯很大。"乡下人不识走马灯，——又来了。"走马灯不过是来回转动的车、马、人（兵）的影子，但也能看它转几圈。后来我自己也动手做了一个，点了蜡烛，看着里面的纸轮一样转了起来，外面的纸屏上一样映出了影子，很欣喜。乾隆和的走马灯并不"走"，只是一个长方的纸箱子，正面白纸上有一些彩色的小人，小人连着一根头发丝，烛火烘热了发丝，小人的手脚会上下动。它虽然不"走"，我们还是叫它走马灯。要不，叫它什么灯呢？这外面的小人是唐僧、孙悟空、猪八戒、沙和尚。整个画面表现的是《西游记》唐僧取经。

孩子有自己的灯。兔子灯、绣球灯、马灯……兔子灯大都是自己动手做的。下面安四个轱辘，可以拉着走。兔子灯其实不大像兔子，脸是圆的，眼睛是弯弯的，像人的眼睛，还有两道弯弯的眉毛！绣球灯、马灯都是买的。绣球灯是一个多面的纸扎的球，有一个篾制的架子，架子上有一根竹竿，架子下有两个轱辘，手执竹竿，向前推移，球即不停滚动。马灯是两段，一个马头，一个马屁股，用带子系在身上。西瓜灯、蛤蟆灯、鱼灯，这些手提的灯，是小孩玩的。

有一个习俗可能是外地所没有的：看围屏。硬木长方框，约三尺高，尺半宽，镶绢，上画一笔演义小说人物故事，灯节前装好，一堂围屏约三十幅，屏后点蜡烛。这实际上是照得透亮的连环画。看围屏有两处，一处在炼阳观的偏殿，一处在附设在城隍庙里的火神庙。炼阳观画的是《封神榜》，火神庙画的是《三国》。围屏看了多少年，但还是年年看。好像不看围屏就不算过灯节似的。

街上有人放花。

有人放高升（起火），不多的几支，起火升到天上，嗤——灭了。

天上有一盏红灯笼。竹篾为骨，外糊红纸，一个长方的筒，里面点了蜡烛，放到天上，灯笼是很好放的，连脑线都不用，在一个角上系上线，就能飞上去。灯笼在天上微微飘动，不知道为什么，看了使人有一点薄薄的凄凉。

　　年过完了，明天十六，所有店铺就"大开门"了。我们那里，初一到初五，店铺都不开门。初六打开两扇排门，卖一点市民必需的东西，叫作"小开门"。十六把全部排门卸掉，放一挂鞭，几个炮仗，叫作"大开门"，开始正常营业。年，就这样过去了。

故乡的鸟呵

汪曾祺

我每天醒在鸟声里。我从梦里就听到鸟叫，直到我醒来。我听得出几种极熟悉的叫声，那是每天都叫的，似乎每天都在那个固定的枝头。

　　有时一只鸟冒冒失失飞进那个花厅里，于是大家赶紧关门，关窗子，吆喝，拍手，用书扔，竹竿打，甚至把自己帽子向空中摔去。可怜的东西这一来完全没了主意，只是横冲直撞地乱飞，碰在玻璃上，弄得一身蜘蛛网，最后大概都是从两椽之间空隙脱走。

　　园子里时时晒米粉，晒灶饭，晒碗儿糕。怕鸟来吃，都放一片红纸。为了这个警告，鸟儿照例就不来，我有时把红纸拿掉让它们大吃一阵，到觉得它们太不知足时，便大喝一声赶去。

　　我为一只鸟哭过一次。那是一只麻雀或是癞花。也不知从什么人处得来的，欢喜得了不得，把父亲不用的细篾笼子挑出一个最好的来给它住，配一个最好的雀碗，在插架上放了一个荸荠，安了两根风藤跳棍，整整忙了一半天。第二天起得格外早，把它挂在紫藤架下。正是花开的时候，我想是那全园最好的地方了。一切弄得妥妥当当后，独自还欣赏了好半天，我上学去了。一放学，急急回来，带着书便去看我的鸟。笼子掉在地下，碎了，雀碗里还有半碗水，"我的鸟，我的鸟哪！"父亲正在给碧桃花接枝，听见我的声音，忙走过来，把笼子拿起来看看，说："你挂得太低了，鸟在大伯的玳瑁猫肚子里了。"哇的一声，我哭了。父亲推着我的头回去，一面说："不害羞，这么大人了。"

有一年，园里忽然来了许多夜哇子。这是一种鹭鸶属的鸟，灰白色，据说它们头上那根毛能破天风。所以有那么一种名，大概是因为它的叫声如此吧。故乡古话说这种鸟常带来幸运。我见它们叽叽喳喳做窠了，我去告诉祖母，祖母去看了看，没有说什么话。我想起它们来了，也有一天会像来了一样又去了的。我尽想，从来处来，从去处去，一路走，一路望着祖母的脸。

园里什么花开了，常常是我第一个发现。祖母的佛堂里那个铜瓶里的花常常是我换新。对于这个孝心的报酬是有需掐花供奉时总让我去，父亲一醒来，一股香气透进帐子，知道桂花开了，他常是坐起来，抽支烟，看着花，很深远地想着什么。冬天，下雪的冬天，一早上，家里谁也还没有起来，我常去园里摘一些冰心蜡梅的朵子，再掺着鲜红的天竺果，用花丝穿成几柄，清水养在白瓷碟子里放在妈（我的第一个继母）和二伯母妆台上，再去上学。我穿花时，服侍我的女用人小莲子，常拿着掸帚在旁边看，她头上也常戴着我的花。

　　我们那里有这么个风俗，谁拿着掐来的花在街上走，是可以抢的，表姐姐们每带了花回去，必是坐车。她们一来，都得上园里看看，有什么花开得正好，有时竟是特地为花来的。掐花的自然又是我。我乐于干这项差事。爬在海棠树上，梅树上，碧桃树上，丁香树上，听她们在下面说："这枝，哎，这枝这枝，再过来一点，弯过去的，嗻，哎，对了对了！"冒一点险，用一点力，总给办到。

有时我也贡献一点意见，以为某枝已经盛开，不两天就全落在台布上了，某枝花虽不多，样子却好。有时我陪花跟她们一道回去，路上看见有人看过这些花一眼，心里非常高兴。碰到熟人同学，路上也会分一点给他们。

想起绣球花，必连带想起一双白缎子绣花的小拖鞋，这是一个小姑姑房中的东西。那时候我们在一处玩，从来只叫名字，不叫姑姑。只有时写字条时如此称呼，而且写到这两个字时心里颇有种近于滑稽的感觉。我轻轻揭开门帘，她自己若是不在，我便看到这两样东西了。太阳照进来，令人明白感觉到花在吸着水，仿佛自己真分享到吸水的快乐。我可以坐在她常坐的椅子上，随便找一本书看看，找一张纸写点什么，或有心无意地画一个枕头花样，把一切再恢复原来样子不留什么痕迹，又自去了。但她大都能发觉谁来过了。那第二天碰到，必指着手说："还当我不知道呢。你在我绷子上戳了两针，我要拆下重来了！"那自然是吓人的话。那些绣球花，我差不多看见它们一点一点地开，在我看书做事时，它会无声地落两片在花梨木桌上。绣球花可由人工着色。在瓶里加一点颜色，它便会吸到花瓣里。除了大红的之外，别种颜色看上去都极自然。我们常以骗人说是新得的异种。这只是一种游戏，姑姑房里常供的仍是白的。为什么我把花跟拖鞋画在一起呢？真不可解——姑姑已经嫁了，听说日子极不如意。绣球快开花了，昆明渐渐暖起来。

花园里旧有一间花房，由一个花匠管理。那个花匠仿佛姓夏。关于他的机灵促狭，和女人方面的恩怨，有些故事常为旧日佣仆谈起。但我只看到他常来要钱，样子十分狼狈，局局促促，躲避人的眼睛，尤其是说他的故事的人的。花匠离去后，花房也跟着改造园内房屋而拆掉了。那时我认识花名极少，只记得黄昏时，夹竹桃特别红，我忽然又害怕起来，急急走回去。

我爱逗弄含羞草。触遍所有叶子，看都合起来了，我自低头看我的书，偷眼瞧它一片片地开张了，再猝然又来一下。他们都说这是不好的，有什么不好呢。

荷花像是清明栽种。我们吃吃螺蛳，抹抹柳球，便可看佃户把马粪倒在几口大缸里盘上藕秧，再盖上河泥。我们在泥里找蚬子，小虾，觉得这些东西搬了这么一次家，是非常奇怪有趣的事。缸里泥晒干了，便加点水，一次又一次。有一天，紫红色的小嘴子冒出了水面，夏天就来了。赞美第一朵花。荷叶上哗啦哗啦响了，母亲便把雨伞寻出来，小莲子会给我送去。

大雨忽然来了。一个青色的闪照在槐树上，我赶紧跑到柴草房里去。那是距我所在处最近的房屋。我爬上堆近屋顶的芦柴上，听水从高处流下来，响极了，訇——空心的老桑树倒了，葡萄架塌了，我的四近越来越黑了，雨点在我头上乱跳。忽然一转身，墙角两个碧绿的东西在发光！哦，那是我常看见的老猫。老猫又生了一群小猫了。原来它每次生养都在这里。我看它们攒着吃奶，听着雨，雨慢慢小了。

那棵龙爪槐是我一个人的。我熟悉它的一切好处，知道哪个枝子适合哪种姿势。云从树叶间过去。壁虎在葡萄上爬。杏子熟了。何首乌的藤爬上石笋了，石笋那么黑。蜘蛛网上一只苍蝇。蜘蛛呢？花天牛半天吃了一片叶子，这叶子有点甜么，那么嫩。金雀花那儿好热闹，多少蜜蜂！啵——金鱼吐出一个泡，破了，下午我们去捞金鱼虫。香橼花蒂的黄色仿佛有点忧郁，别的花是飘下，香橼花是掉下的，花落在草叶上，草稍微低头又弹起。大伯母掐了枝珠兰戴上，回去了。大伯母的女儿，堂姐姐看金鱼，看见了自己。石榴花开，玉兰花开，祖母来了，"莫掐了，回去看看，瓶里是什么？""我下来了，下来扶您。"

槐树种在土山上，坐在树上可看见隔壁佛院。看不见房子，看到的是关着的那两扇门，关在门外的一片田园。门里是什么岁月呢？钟鼓整日敲，那么悠徐，那么单调，门开时，小尼姑来抱一捆草，打两桶水，随即又关上了。水咚咚地滴回井里。那边有人看我，我忙把书放在眼前。

家里宴客，晚上小方厅和花厅有人吃酒打牌。（我记得有个人吹得极好的笛子。）灯光照到花上、树上，令人极欢喜也十分忧郁。点一个纱灯，从家里到园里，又从园里到家里，我一晚上总不知走了无数趟。有亲戚来去，多是我照路，说哪里高、哪里低、哪里上阶，哪里下坎。若是姑妈舅母，则多是扶着我肩膀走。人影人声都如在梦中。但这样的时候并不多。平日夜晚园子是锁上的。

小时候胆小害怕，黑魆魆的，树影风声，令人却步。而且相信园里有个"白胡子老头子"，一个土地花神，晚上会出来，在那个土山后面，花树下，冉冉地转圈子，见人也不避让。

有一年夏天，我已经像个大人了，天气郁闷，心上另外又有一点小事使我睡不着，半夜到园里去。一进门，我就停住了。我看见一个火星。咳嗽一声，招我前去，原来是我的父亲。他也正因为睡不着觉在园中徘徊。他让我抽一支烟（我刚会抽烟），我搬了一张藤椅坐下，我们一直没有说话。那一次，我感觉我跟父亲靠得近极了。

四月二日。月光清极。夜气大凉。似乎该再写一段作为收尾，但又似无须了。便这样吧，日后再说。逝者如斯。

故乡的食物

汪曾祺

炒米和焦屑

小时读《板桥家书》，"天寒冰冻时暮，穷亲戚朋友到门，先泡一大碗炒米送手中，佐以酱姜一小碟，最是暖老温贫之具"，觉得很亲切。郑板桥是兴化人，我的家乡是高邮，风气相似。这样的感情，是外地人们不易领会的。炒米是各地都有的。但是很多地方都做成了炒米糖。这是很便宜的食品。孩子买了，咯咯地嚼着。四川有"炒米糖开水"，车站码头都有得卖，那是泡着吃的。但四川的炒米糖似也是专业的作坊做的，不像我们那里。我们那里也有炒米糖，像别处一样，切成长方形的一块一块。也有搓成圆球的，叫作"欢喜团"。那也是作坊里做的。但通常所说的炒米，是不加糖黏结的，是"散装"的；而且不是作坊里做出来，是自己家里炒的。

说是自己家里炒，其实是请了人来炒的。炒炒米也要点手艺，并不是人人都会的。入了冬，大概

143

是过了冬至吧，有人背了一面六筛子，手执长柄的铁铲，大街小巷地走，这就是炒炒米的。有时带一个助手，多半是个半大孩子，是帮他烧火的。请到家里来，管一顿饭，给几个钱，炒一天。或二斗，或半石；像我们家人口多，一次得炒一石糯米。炒炒米都是把一年所需一次炒齐，没有零零碎碎炒的。过了这个季节，再找炒炒米的也找不着。一炒炒米，就让人觉得，快要过年了。

装炒米的坛子是固定的，这个坛子就叫"炒米坛子"，不作别的用途。舀炒米的东西也是固定的，一般人家大都是用一个香烟罐头。我的祖母用的是一个"柚子壳"。柚子——我们那里柚子不多见，从顶上开一个洞，把里面的瓤掏出来，再塞上米糠，风干，就成了一个硬壳的钵状的东西。她用这个柚子壳用了一辈子。

我父亲有一个很怪的朋友，叫张仲陶。他很有学问，曾教我读过《项羽本纪》。他薄有田产，不治生业，整天在家研究易经，算卦。他算卦用蓍草。

全城只有他一个人用蓍草算卦。据说他有几卦算得极灵。有一家，丢了一枚金戒指，怀疑是女用人偷了。这女用人蒙了冤枉，来求张先生算一卦。张先生算了，说戒指没有丢，在你们家炒米坛盖子上。一找，果然。我小时就不大相信，算卦怎么能算得这样准，怎么能算得出在炒米坛盖子上呢？不过他的这一卦说明了一件事，即我们那里炒米坛子是几乎家家都有的。

炒米这东西实在说不上有什么好吃。家常预备，不过取其方便。用开水一泡，马上就可以吃。在没有什么东西好吃的时候，泡一碗，可代早晚茶。来了平常的客人，泡一碗，也算是点心。郑板桥说"穷亲戚朋友到门，先泡一大碗炒米送手中"，也是说其省事，比下一碗挂面还要简单。炒米是吃不饱人的。一大碗，其实没有多少东西。我们那里吃泡炒米，一般是抓上一把白糖，如板桥所说"佐以酱姜一小碟"，也有，少。我现在岁数大了，如有人请我吃泡炒米，我倒宁愿来一小碟酱生姜——最好滴几滴香油，那倒是还有点意思的。另外还有一种吃法，用猪油煎两个嫩荷包蛋——我们那里叫作"蛋瘪子"，抓一把炒米和在一起吃。这种食品是只有"惯宝宝"才能吃得到的。谁家要是老给孩子吃这种东西，街坊就会有议论的。

我们那里还有一种可以急就的食品，叫作"焦屑"。煳锅巴磨成碎末，就是焦屑。我们那里，餐餐吃米饭，顿顿有锅巴。把饭铲出来，锅巴用小火烘焦，起出来，卷成一卷，存着。锅巴是不会坏的，不发馊，不长霉。攒够一定的数量，就用一具小石磨磨碎，放起来。焦屑也像炒米一样。用开水冲冲，就能吃了。焦屑调匀后成糊状，有点像北方的炒面，但比炒面爽口。

我们那里的人家预备炒米和焦屑，除了方便，原来还有一层意思，是应急。在不能正常煮饭时，可以用来充饥。这很有点像古代行军用的"糒"。有一年，记不得是哪一年，总之是我还小，还在上小学，党军（国民革命军）和联军（孙传芳的军队）在我们县境内开了仗，很多人都躲进了红十字会。不知道出于一种什么信念，大家都以为红十字会是哪一方的军队都不能打进去的，进了红十字会就安全了。红十字会设在炼阳观，这是一个道士观。我们一家带了一点行李进了炼阳观。祖母指挥着，特别关照，把一坛炒米和一坛焦屑带了去。我对这种打破常规的生活极感兴趣。晚上，爬到吕祖楼上去，看双方军队枪炮的火光在东北面不知什么地方一阵一阵地亮着，觉得有点紧张，也觉得好玩。很多人家住在一起，不能煮饭，这一晚上，我们是冲炒米、泡焦屑度过的。没有床铺，我把几个道士诵经用的蒲团拼起来，在上面睡了一夜。这实在是我小时候度过的一个浪漫主义的夜晚。

第二天，没事了，大家就都回家了。

炒米和焦屑和我家乡的贫穷和长期的动乱是有关系的。

端午的鸭蛋

　　家乡的端午，很多风俗和外地一样。系百索子。五色的丝线拧成小绳，系在手腕上。丝线是掉色的，洗脸时沾了水，手腕上就印得红一道绿一道的。做香角子。丝线缠成小粽子，里头装了香面，一个一个串起来，挂在帐钩上。贴五毒。红纸剪成五毒，贴在门槛上。贴符。这符是城隍庙送来的。城隍庙的老道士还是我的寄名干爹，他每年端午节前就派小道士送符来，还有两把小纸扇。符送来了，就贴在堂屋的门楣上。一尺来长的黄色、蓝色的纸条，上面用朱笔画些莫名其妙的道道，这就能辟邪么？喝雄黄酒。用酒和的雄黄在孩子的额头上画一个王字，这是很多地方都有的。有一个风俗不知别处有不：放黄烟子。黄烟子是大小如北方的麻雷子的炮仗，只是里面灌的不是硝药，而是雄黄。点着后不响，只是冒出一股黄烟，能冒好一会。把点着的黄烟子丢在橱柜下面，说是可以熏五毒。小孩子点了黄烟子，常把它的一头抵在板壁上写虎字。写黄烟虎字笔画不能断，所以我们那里的孩子都会写草书的"一笔虎"。还有一个风俗，是端午节的午饭要吃"十二红"，就是十二道红颜色的菜。十二红里我只记得有炒红苋菜、油爆虾、咸鸭蛋，其余的都记不清，数不出了。也许十二红只是一个名目，不一定真凑足十二样。不过午饭的菜都是红的，这一点是我没有记错的，而且，苋菜、虾、鸭蛋，一定是有的。这三样，在我的家乡，都不贵，多数人家是吃得起的。

我的家乡是水乡。出鸭。高邮大麻鸭是著名的鸭种。鸭多，鸭蛋也多。高邮人也善于腌鸭蛋。高邮咸鸭蛋于是出了名。我在苏南、浙江，每逢有人问起我的籍贯，回答之后，对方就会肃然起敬："哦！你们那里出咸鸭蛋！"上海的卖腌腊的店铺里也卖咸鸭蛋，必用纸条特别标明："高邮咸蛋"。高邮还出双黄鸭蛋。别处鸭蛋偶有双黄的，但不如高邮的多，可以成批输出。双黄鸭蛋味道其实无特别处。还不就是个鸭蛋！只是切开之后，里面圆圆的两个黄，使人惊奇不已。我对异乡人称道高邮鸭蛋，是不大高兴的，好像我们那穷地方就出鸭蛋似的！不过高邮的咸鸭蛋，确实是好，我走的地方不少，所食鸭蛋多矣，但和我家乡的完全不能相比！"曾经沧海难为水"，他乡咸鸭蛋，我实在瞧不上。袁枚的《随园食单·小菜单》有"腌蛋"一条。袁子才这个人我不喜欢，他的《食单》好些菜的做法是听来的，他自己并不会做菜。但是《腌蛋》这一条我看后却觉得很亲切，而且"与有荣焉"。文不长，录如下：

> 腌蛋以高邮为佳，颜色细而油多，高文端公最喜食之。席间，先夹取以敬客，放盘中。总宜切开带壳，黄白兼用；不可存黄去白，使味不全，油亦走散。

高邮咸蛋的特点是质细而油多。蛋白柔嫩，不似别处的发干、发粉，入口如嚼石灰。油多尤为别处所不及。鸭蛋的吃法，如袁子才所说，带壳切开，是一种，那是席间待客的办法。平常食用，一般都是敲破"空头"用筷子挖着吃。筷子头一扎下去，吱——红油就冒出来了。高邮咸蛋的黄是通红的。苏北有一道名菜，叫作"朱砂豆腐"，就是用高邮鸭蛋黄炒的豆腐。我在北京吃的咸鸭蛋，蛋黄是浅黄色的，这叫什么咸鸭蛋呢！

　　端午节，我们那里的孩子兴挂"鸭蛋络子"。头一天，就由姑姑或姐姐用彩色丝线打好了络子。端午一早，鸭蛋煮熟了，由孩子自己去挑一个，鸭蛋有什么可挑的呢！有！一要挑淡青壳的。鸭蛋壳有白的和淡青的两种。二要挑形状好看的。别说鸭蛋都是一样的，细看却不同。有的样子蠢，有的秀气。挑好了，装在络子里，挂在大襟的纽扣上。这有什么好看呢？然而它是孩子心爱的饰物。鸭蛋络子挂了多半天，什么时候孩子一高兴，就把络子里的鸭蛋掏出来，吃了。端午的鸭蛋，新腌不久，只有一点淡淡的咸味，白嘴吃也可以。

孩子吃鸭蛋是很小心的，除了敲去空头，不把蛋壳碰破。蛋黄蛋白吃光了，用清水把鸭蛋里面洗净，晚上捉了萤火虫来，装在蛋壳里，空头的地方糊一层薄罗。萤火虫在鸭蛋壳里一闪一闪地亮，好看极了！

小时读囊萤映雪的故事，觉得东晋的车胤用练囊盛了几十只萤火虫，照了读书，还不如用鸭蛋壳来装萤火虫。不过用萤火虫照亮来读书，而且一夜读到天亮，这能行么？车胤读的是手写的卷子，字大，若是读现在的新五号字，大概是不行的。

咸菜茨菰汤

一到下雪天，我们家就喝咸菜汤，不知是什么道理。是因为雪天买不到青菜？那也不见得。除非大雪三日，卖菜的出不了门，否则他们总还会上市卖菜的。这大概只是一种习惯。一早起来，看见飘雪花了，我就知道：今天中午是咸菜汤！

咸菜是青菜腌的。我们那里过去不种白菜，偶有卖的，叫作"黄芽菜"，是外地运去的，很名贵。一般黄芽菜炒肉丝，是上等菜。平常吃的，都是青菜，青菜似油菜，但高大得多。入秋，腌菜，这时青菜正肥。把青菜成担地买来，洗净，晾去水气，下缸。一层菜，一层盐，码实，即成。随吃随取，可以一直吃到第二年春天。

腌了四五天的新咸菜很好吃，不咸，细、嫩、脆、甜，难可比拟。

咸菜汤是咸菜切碎了煮成的。到了下雪的天气，咸菜已经腌得很咸了，而且已经发酸，咸菜汤的颜色是暗绿的。没有吃惯的人，是不容易引起食欲的。

咸菜汤里有时加了茨菰片，那就是咸菜茨菰汤。或者叫茨菰咸菜汤，都可以。

我小时候对茨菰实在没有好感。这东西有一种苦味。民国二十年，我们家乡闹大水，各种作物减产，只有茨菰却丰收。那一年我吃了很多茨菰，而且是不去茨菰的嘴子的，真难吃。

我十九岁离乡，辗转漂流，三四十年没有吃到茨菰，并不想。

　　前好几年，春节后数日，我到沈从文老师家去拜年，他留我吃饭，师母张兆和炒了一盘茨菰肉片。沈先生吃了两片茨菰，说："这个好！格比土豆高。"我承认他这话。吃菜讲究"格"的高低，这种语言正是沈老师的语言。他是对什么事物都讲"格"的，包括对于茨菰、土豆。

　　因为久违，我对茨菰有了感情。前几年，北京的菜市场在春节前后有卖茨菰的。我见到，必要买一点回来加肉炒了。家里人都不怎么爱吃。所有的茨菰，都由我一个人"包圆儿"了。

　　北方人不识茨菰。我买茨菰，总要有人问我："这是什么？""茨菰。""茨菰是什么？"这可不好回答。

　　北京的茨菰卖得很贵，价钱和"洞子货"（温室所产）的西红柿、野鸡脖韭菜差不多。

　　我很想喝一碗咸菜茨菰汤。

　　我想念家乡的雪。

虎头鲨、昂嗤鱼、砗螯、螺蛳、蚬子

苏州人特重塘鳢鱼。上海人也是，一提起塘鳢鱼，眉飞色舞。塘鳢鱼是什么鱼？我向往之久矣。到苏州，曾想尝尝塘鳢鱼，未能如愿。后来我知道：塘鳢鱼就是虎头鲨，嘻！

塘鳢鱼亦称土步鱼。《随园食单》："杭州以土鱼为上品，而金陵人贱之，目为虎头蛇，可发一笑。"虎头蛇即虎头鲨。这种鱼样子不好看，而且有点凶恶。浑身紫褐色，有细碎黑斑，头大而多骨，鳍如蝶翅。这种鱼在我们那里也是贱鱼，是不能上席的。苏州人做塘鳢鱼有清炒、椒盐多法。我们家乡通常的吃法是氽汤，加醋、胡椒。虎头鲨氽汤，鱼肉极细嫩，松而不散，汤味极鲜，开胃。

昂嗤鱼的样子也很怪，头扁嘴阔，有点像鲇鱼，无鳞，皮色黄，有浅黑色的不规整的大斑。无背鳍，而背上有一根很硬的尖锐的骨刺。用手捏起这根骨刺，它就发出昂嗤昂嗤小小的声音。这声音是怎么发出来的，我一直没弄明白。这种鱼是由这种声音得名的。它的学名是什么，只有去问鱼类学专家了。这种鱼没有很大的，七八寸长的，就算难得的了。这种鱼也很贱，连乡下人也看不起。我的一个亲戚在农村插队，见到昂嗤鱼，买了一些，农民都笑他："买这种鱼干什么！"昂嗤鱼其实是很好吃的。昂嗤鱼通常也是汆汤。虎头鲨是醋汤，昂嗤鱼不加醋，汤白如牛乳，是所谓"奶汤"。昂嗤鱼也极细嫩，鳃边的两块蒜瓣肉有大拇指大，堪称至味。有一年，北京一家鱼店不知从哪里运来一些昂嗤鱼，无人问津。顾客都不识这是啥鱼。有一位卖鱼的老师傅倒知道："这是昂嗤。"我看到，高兴极了，买了十来条。回家一做，满不是那么一回事！昂嗤要吃活的（虎头鲨也是活杀）。长途转运，又在冷库里冰了一些日子，肉质变硬，鲜味全失，一点意思都没有！

砗螯我的家乡叫馋螯，砗螯是扬州人的叫法。我在大连见到花蛤，我以为就是砗螯，不是。形状很相似，入口全不同。花蛤肉粗而硬，咬不动。砗螯极柔软细嫩。砗螯好像是淡水里产的，但味道却似海鲜。有点像蛎黄，但比蛎黄味道清爽。比青蛤、蚶子味厚。砗螯可清炒，烧豆腐，或与咸肉同煮。砗螯烧乌青菜（江南人叫塌苦菜），风味绝佳。乌青菜如是经霜而现拔的，尤美。我不食砗螯四十五年矣。

砗螯壳稍呈三角形，质坚，白如细瓷，而有各种颜色的弧形花斑，有浅紫的，有暗红的，有赭石、墨蓝的，很好看。家里买了砗螯，挖出砗螯肉，我们就从一堆砗螯壳里去挑选，挑到好的，洗净了留起来玩。砗螯壳的铰合部有两个突出的尖嘴子，把尖嘴子在糙石上磨磨，不一会就磨出两个小圆洞，含在嘴里吹，呜呜地响，且有细细颤音，如风吹窗纸。

螺蛳处处有之。我们家乡清明吃螺蛳，谓可以明目。用五香煮熟螺蛳，分给孩子，一人半碗，由他们自己用竹签挑着吃，孩子吃了螺蛳，用小竹弓把螺蛳壳射到屋顶上，喀拉喀拉地响。夏天"检漏"，瓦匠总要扫下好些螺蛳壳。这种小弓不做别的用处，就叫作螺蛳弓，我在小说《戴东匠》里对螺蛳弓有较详细的描写。

蚬子是我所见过的贝类里最小的了，只有一粒瓜子大。蚬子是剥了壳卖的。剥蚬子的人家附近堆了好多蚬子壳，像一个坟头。蚬子炒韭菜，很下饭。这种东西非常便宜，为小户人家的恩物。

有一年修运河堤。按工程规定，有一段堤面应铺碎石，包工的贪污了款子，在堤面铺了一层蚬子壳。前来检收的委员，坐在汽车里，向外一看，白花花的一片，还抽着雪茄烟，连说："很好！很好！"

我的家乡富水产。鱼之中名贵的是鳊鱼、白鱼（尤重翘嘴白）、鲌花鱼（即鳜鱼），谓之"鳊、白、鲌"。虾有青虾、白虾。蟹极肥。以无特点。故不及。

野鸭、鹌鹑、斑鸠、鵽

过去我们那里野鸭子很多。水乡，野鸭子自然多。

秋冬之际，天上有时"过"野鸭子，黑乎乎的一大片，在地上可以听到它们鼓翅的声音，呼呼的，好像刮大风。野鸭子是枪打的（野鸭肉里常常有很细的铁砂子，吃时要小心），但打野鸭子的人自己不进城来卖。卖野鸭子有专门的摊子。有时卖鱼的也卖野鸭子，把一个养活鱼的木盆翻过来，野鸭一对一对地摆在盆底，卖野鸭子是不用秤约的，都是一对一对地卖。野鸭子是有一定分量的。依分量大小，有一定的名称，如"对鸭""八鸭"。哪一种有多大分量，我现在已经记不清了。卖野鸭子都是带毛的。卖野鸭子的可以代客当场去毛，拔野鸭毛是不能用开水烫的。野鸭子皮薄，一烫，皮就破了。干拔。卖野鸭子的把一只鸭子放入一个麻袋里，一手提鸭，一手拔毛，一会儿就拔净了——放在麻袋里拔，是防止鸭毛飞散。代客拔毛，不另收费，卖野鸭子的只要那一点鸭毛——野鸭毛是值钱的。

野鸭的吃法通常是切块红烧。清炖大概也可以吧，我没有吃过。野鸭子肉的特点是：细、"酥"，不像家鸭每每肉老。野鸭烧咸菜是我们那里的家常菜。里面的咸菜尤其是佐粥的妙品。

现在我们那里的野鸭子很少了。前几年我回乡一次，偶有，卖得很贵。原因据说是因为县里对各乡水利作了全面综合治理，过去的水荡子、荒滩少了，野鸭子无处栖息。而且，野鸭子过去是吃收割后遗撒在田里的谷粒的，现在收割得很干净，颗粒归仓，野鸭子没有什么可吃的，不来了。

鹌鹑是网捕的。我们那里吃鹌鹑的人家少，因为这东西只有由乡下的亲戚送来，市面上没有卖的。鹌鹑大都是用五香卤了吃。也有用油炸了的。鹌鹑能斗，但我们那里无斗鹌鹑的风气。

我看见过猎人打斑鸠。我在读初中的时候。午饭后，我到学校后面的野地里去玩。野地里有小河，有野蔷薇，有金黄色的茼蒿花，有苍耳（苍耳子有小钩刺，能挂在衣裤上，我们管它叫"万把钩"），有才抽穗的芦荻。在一片树林里，我发现一个猎人。我们那里猎人很少，我从来没有见过猎人，但是我一看见他，就知道：他是一个猎人。这个猎人给我一个非常猛厉的印象。他穿了一身黑，下面却缠了鲜红的绑腿。他很瘦。他的眼睛黑，而冷。他握着枪。他在干什么？树林上面飞过一只斑鸠。他在追逐这只斑鸠。斑鸠分明已经发现猎人了。它想逃脱。斑鸠飞到北面，在树上落一落，猎人一步一步往北走。斑鸠连忙往南面飞，猎人扬头看了一眼，斑鸠落定了，猎人又一步一步往南走，非常冷静。这是一场无声的，然而非常紧张的，坚持的较量。斑鸠来回飞，猎人来回走。我很奇怪，为什么斑鸠不往树林外面飞。这样几个来回，斑鸠慌了神了，它飞得不稳了，歪歪倒倒的，失去了原来均匀的节奏。忽然，砰——枪声一响，斑鸠应声而落。猎人走过去，拾起斑鸠，看了看，装在猎袋里。他的眼睛很黑，很冷。

我在小说《异秉》里提到王二的熏烧摊子上，春天，卖一种叫作"鹩"的野味。鹩这种东西我在别处没看见过。"鹩"这个字很多人也不认得。多数字典里不收。《辞海》里倒有这个字，标音为（duò

又读 zhuā）。zhuā 与我乡读音较近，但我们那里是读入声的，这只有用国际音标才标得出来。即使用国际音标标出，在不知道"短促急收藏"的北方人也是读不出来的。《辞海》"鹨"字条下注云"见鹨鸠"，似以为"鹨"即"鹨鸠"。而在"鹨鸠"条下注云："鸟名。雉属。即'沙鸡'。"这就不对了。沙鸡我是见过的，吃过的。内蒙、张家口多出沙鸡。《尔雅释鸟》郭璞注："出北方沙漠地"，不错。北京冬季偶尔也有卖的。沙鸡嘴短而红，腿也短。我们那里的鹨却是水鸟，嘴长，腿也长。鹨的滋味和沙鸡有天渊之别。沙鸡肉较粗，略有酸味；鹨肉极细，非常香。我一辈子没有吃过比鹨更香的野味。

蒌蒿、枸杞、荠菜、马齿苋

小说《大淖记事》："春初水暖，沙洲上冒出很多紫红色的芦芽和灰绿色的蒌蒿，很快就是一片翠绿了。"我在书页下方加了一条注："蒌蒿是生于水边的野草，粗如笔管，有节，生狭长的小叶，初生二寸来高，叫作'蒌蒿薹子'，加肉炒食极清香。"蒌蒿的"蒌"字，我小时不知怎么写，后来偶然看了一本什么书，才知道的。这个字音"吕"。我小学有一个同班同学，姓吕，我们就给他起了个外号，叫"蒌蒿薹子"（蒌蒿薹子家开了一爿糖坊，小学毕业后未升学，我们看见他坐在糖坊里当小老板，觉得很滑稽）。但我查了几本字典，"蒌"都音"楼"，我有点恍惚了。"楼""吕"一声之转。许多从"娄"的字都读"吕"，如"屡""缕""褛"……这本来无所谓，读"楼"读"吕"，关系不大。但字典上都说蒌蒿是蒿之一种，即白蒿，我却有点不以为然了。我小说里写的蒌蒿和蒿其实不相干。读苏东坡《惠崇春江晚景》诗："竹外桃花三两枝，春江水暖鸭先知。蒌蒿满地芦芽短，正是河豚欲上时。"此蒌蒿生于水边，与芦芽为伴，分明是我的家乡人所吃的蒌蒿，非白蒿。或者"即白蒿"的蒌蒿别是一种，未可知矣。深望懂诗、懂植物学，也懂吃的博雅君子有以教我。

我的小说注文中所说的"极清香"，很不具体。嗅觉和味觉是很难比方，无法具体的。昔人以为荔枝味似软枣，实在是风马牛不相及。我所谓"清香"，即食时如坐在河边闻到新涨的春水的气味。这是实话，并非故作玄言。

枸杞到处都有。开花后结长圆形的小浆果，即枸杞子。我们叫它"狗××子"，形状颇像。本地产的枸杞子没有入药的，大概不如宁夏产的好。枸杞是多年生植物。春天，冒出嫩叶，即枸杞头。枸杞头是容易采到的。偶尔也有近城的乡村的女孩子采了，放在竹篮里叫卖："枸杞头来！"枸杞头可下油盐炒食；或用开水焯了，切碎，加香油、酱油、醋，凉拌了吃。那滋味，也只能说"极清香"。春天吃枸杞头，云可以清火，如北方人吃苣荬菜一样。

"三月三，荠菜花赛牡丹。"俗谓是日以荠菜花置灶上，则蚂蚁不上锅台。

北京也偶有荠菜卖。菜市上卖的是园子里种的，茎白叶大，颜色较野生者浅淡，无香气。农贸市场间有南方的老太太挑了野生的来卖，则又过于细瘦，如一团乱发，制熟后强硬扎嘴。总不如南方野生的有味。

江南人惯用荠菜包春卷，包馄饨，甚佳。我们家乡有用来包春卷的，用来包馄饨的没有——我们家乡没有"菜肉馄饨"。一般是凉拌。荠菜焯熟剁碎，界首茶干切细丁，入虾米，同拌。这道菜是可以上酒席做凉菜的。酒席上的凉拌荠菜都用手抟成一座尖塔，临吃推倒。

马齿苋现在很少有人吃。古代这是相当重要的菜蔬。苋分人苋、马苋。人苋即今苋菜，马苋即马齿苋。我们祖母每于夏天摘肥嫩的马齿苋晾干，过年时做馅包包子。她是吃长斋的，这种包子只有她一个人吃。我有时从她的盘子里拿一个，蘸了香油吃，挺香。马齿苋有点淡淡的酸味。

马齿苋开花，花瓣如一小囊。我们有时捉了一个哑巴知了——知了是应该会叫的，捉住一个哑巴，多么扫兴！于是就摘了两个马齿苋的花瓣套住它的眼睛——马齿苋花瓣套知了眼睛正合适，一撒手，这知了就拼命往高处飞，一直飞到看不见！

三年自然灾害，我在张家口沙岭子吃过不少马齿苋。那时候，这是宝物！

故 乡

冯骥才

一九九二年春天，我陪母亲，并携妻儿，赴老家宁波举办"敬乡画展"。我父亲年轻时离家来津务商，创办实业，此后再没回家省亲。我就更不知故乡是何模样了。然而血液中却有一份情意，与遥远又陌生的家乡依依相牵。一九八九年父亲辞世后，心中生出回乡探亲的愿望。一是为了安慰母亲，二是寻找父亲旧日的踪迹，扯住远去的父亲的衣袂。

在父亲出生的故地慈城，寻寻觅觅，居然找到了不少往日的遗痕。譬如父亲出生的老屋，爷爷坐过的椅子，老井、古瓮以及爬满青苔的雕砖的高墙。我还在父亲儿时玩耍的院子里取出两抔泥土，回来在为父亲迁坟时，将其中一抔与父亲骨灰合葬，另一抔放置在我的书架上。

更重要的是与本族老老少少都见了面。由此始知过去不曾知道的事情。大到整个家族的变迁，小至一砖一瓦一点遗物；远至唐宋时代的列宗列祖，近及我的晚辈，全都热烘烘向我拥来。

一天，一位族人名叫冯一敏，请我到她家看她珍藏的家谱和几幅先祖神像。这几幅神像是明代之物，上有题跋，写着我先祖的姓名。大家都说我的模样，酷似先辈。一下子使我感到自己身后的背景竟如此深远与厚重！我将神像拍照下来，留作纪念。明代没有照像，这便是真实的影像了，而且从绘画角度看，皆是五百年前肖像画精品。

谁料第二天，冯一敏女士竟带着女儿到我下榻于市内的旅店来访，并捧来这几幅神像，外边包了红纸，竟然要送给我这个冯氏后人。我惊喜又感动，我怎么能接受如此珍贵的馈赠？我回赠给她自己的一幅画做纪念，仍觉受之有愧。但从此每逢过年，都要把这几幅先祖神像悬挂于壁，烧香磕头，表达对代代先人的虔诚与缅怀。

那次从宁波归来，感触万千。个中最奇异者，便是觉得宁波也是我的出生地了。我的一切一切分明都源自那里。于是，每每见到那里的图像与消息，都百倍亲切；倘一时见不到，亦会诗之画之思之想之。我画过一幅《雨竹图》，上边题过一首诗，曰：

疏疏密密雨，轻轻重重声，浓浓淡淡意，深深浅浅情，远远近近事，都在此幅中。

那幅《雨竹图》早已送给我家乡的一位族兄。但这诗却同样在这幅《故乡》中。

藕与莼菜

叶圣陶

同朋友喝酒，嚼着薄片的雪藕，忽然怀念起故乡来了。若在故乡，每当新秋的早晨，门前经过许多乡人：男的紫赤的臂膊和小腿肌肉突起，躯干高大且挺直，使人起康健的感觉；女的往往裹着白地青花的头布，虽然赤脚却穿短短的夏布裙，躯干固然不及男的这样高，但是别有一种康健的美的风致；他们各挑着一副担子，盛着鲜嫩玉色的长节的藕。在藕的家乡的池塘里，在城外曲曲弯弯的小河边，他们把这些藕一濯再濯，所以这样洁白了。仿佛他们以为这是供人体味的高品的东西，这是清晨的图画里的重要题材，假若满涂污泥，就把人家欣赏的浑凝之感打破了；这是一件罪过的事情，他们不愿意担在身上，故而先把它们濯得这样洁白了，才挑进城里来。他们想要休息的时候，就把竹扁担横在地上，自己坐在上面，随便拣择担里的过嫩的"藕枪"或是较老的"藕朴"，大口地嚼着解渴。过路的人便站住了，红衣衫的小姑娘拣一节，白头发的老公公买两支。清淡的甘美的滋味于是普遍于家家且人人了。这种情形，差不多是平常的日课，直到叶落秋深的时候。

在这里，藕这东西几乎是珍品了。大概也是从我们的故乡运来的，但是数量不多，自有那些伺候豪华公子硕腹巨贾的帮闲茶房们把大部分抢去了；其余的便要供在大一点的水果铺子里，位置在金山苹果吕宋香芒之间，专待善价而沽。至于挑着担子在街上叫卖的，也并不是没有，但不是瘦得像乞丐的臂腿，便涩得像未熟的柿子，实在无从欣羡。因此，除了仅有的一回，我们今年竟不曾吃过藕。

这仅有的一回不是买来吃的，是邻舍送给我们吃的。他们也不是自己买的，是从故乡来的亲戚带来的。这藕离开它的家乡大约有好些时候了，所以不复呈玉样的颜色，却满被着许多锈斑。削去皮的时候，刀锋过处，很不顺爽。切成了片，送入口里嚼着，颇有点甘味，但没有一种鲜嫩的感觉，而且似乎含了满口的渣，第二片就不想吃了。只有孩子很高兴，他把这许多片嚼完，居然有半点钟工夫不再作别的要求。

因为想起藕，又联想到莼菜。在故乡的春天，几乎天天吃莼菜。它本来没有味道，味道全在于好的汤。但这样嫩绿的颜色与丰富的诗意，无味之味真足令人心醉呢。在每条街旁的小河里，石埠头总歇着一两条没篷船，满舱盛着莼菜，是从太湖里去捞来的。像这样地取求很便，当然能得日餐一碗了。

而在这里又不然；非上馆子，就难以吃到这东西。我们当然不上馆子，偶然有一两回去扰朋友的酒席，恰又不是莼菜上市的时候，所以今年竟不曾吃过。直到最近，伯祥的杭州亲戚来了，送他几瓶装瓶的西湖莼菜，他送我一瓶，我总算也尝了新了。

向来不恋故乡的我，想到这里，觉得故乡可爱极了。我自己也不明白，为什么会起这么深浓的情绪？再一思索，实在很浅显的：因为在故乡有所恋，而所恋又只在故乡有，便萦着系着不能离合了。譬如亲密的家人在那里，知心的朋友在那里，怎得不恋恋？怎得不怀念？但是仅仅为了爱故乡么？不是的，不过在故乡的几个人把我们牵着罢了。若无所牵，更何所恋？像我现在，偶然被藕与莼菜所牵，所以就怀念起故乡来了。

所恋在哪里，哪里就是我们的故乡了。

故乡春

柯 灵

故乡的三月，是田园诗中最美的段落。

桃花笑靥迎人，在溪边山脚，屋前篱落，浓淡得宜，疏密有致，尽你自在流连，尽情欣赏，不必像上海的摩登才子，老远地跑到香烟缭绕的龙华寺畔，向卖花孩子手中购取，装点风雅。

冬眠的草木好梦初醒，抽芽，生叶，嫩绿新翠，妩媚得像初熟的少女，不似夏天的蓊蓊郁郁，少妇式的丰容盛鬓。

油菜花给遍野铺满黄金，紫云英染得满地妍红，软风里吹送着青草和豌豆花的香气，燕子和黄莺忘忧的歌声……

这大好的阳春景色，对大地的主人却只有一个意义："一年之计在于春。"春天对乡下人不代表诗情画意，却孕育着梦想和希望。

天寒地裂的严冬过去了。忍饥挨冻总算又挨过一年。自春徂秋，辛苦经营的粮食——那汗水淘洗出来的粒粒珍珠，让"收租老相公"开着大船下乡，升较斗量，满载而去。咬紧牙齿，勒紧裤带，渡过了缴租的难关，结账还债的年关，好容易春天姗姗地来了。

谢谢天！现在总算难得让人缓过一口气，脱下破棉袄，赤了膊到暖洋洋的太阳下做活去。

手把锄头，翻泥锄草，一锄一个美梦，巴望来个难得的好年景。虽说惨淡的光景几乎年不如年，春暖总会给人带来一阵欢悦和松爽。

在三月里，日子也会照例显得好过些。"春花"起了：春笋正好上市，豌豆蚕豆开始结荚，有钱人爱的就是尝新；收过油菜籽，小麦开割也就不远。春江水暖，鲜鱼鲜虾正在当令，只要你有功夫下水捕捞。干瘪的口袋活络些了，但一过春天，就得准备端阳节还债，准备租牛买肥料，在大毒日头底下去耘田种稻。挖肉补疮，只好顾了眼前再说。

家里有孩子的，便整天被打发到垄头坡上，带一把小剪刀，一只篾青小篮子，三五结伴，坐在绿茸茸的草场上，细心地从野草中间剪荠菜、马兰豆、黄花麦果，或者是到山上去摘松花，一边劳动，一边唱着顽皮的歌子消遣：

> 荠菜马兰豆，
> 姊姊嫁亨（在）后门头；
> 后门春破我来修，
> 修得两只奶奶头。

女孩子就唱那有情有义的山歌：

> 油菜开花黄似金，
> 萝卜开花白如银，
> 草紫开花满天星，
> 芝麻开花九莲灯，
> 蚕豆开花当中一点黑良心，
> 怪不得我家爹爹要赖婚。

故乡有句民谣："正月灯，二月鹞，三月上坟船里看姣姣。"

二月正是扫墓的季节，挑野菜的孩子，遇见城市人家来上坟的，算是春天的一件大乐事，大家高高兴兴，一哄而上，看那些打扮得齐齐整整的哥儿姐儿奶奶太太们，摆开祭祀三牲，在风灯里点起红烛，一个个在坟前欠身下拜。要遇见新郎新娘头年祭祖，阔人家还有乐队吹奏。祭扫完毕，上坟人家便照例把那些"上坟果"——发芽豆、烧饼、馒头、甘蔗、荸荠分给看热闹的孩子，算是结缘施福。上坟还有放炮仗的，从天上掉到地下的炮仗头，也有孩子们宝贝似的拾了放在篮子里。说说笑笑，重新去挑野菜。

等得满篮翠碧，便赶着新鲜拿到镇上叫卖，换得一把叮当作响的铜板，拿回家里去交给父母。

因为大自然的慷慨，这时候田事虽忙，不算太紧，日子也过得比较舒心——在我们乡间，种田人的耐苦胜过老牛，无论你苦到什么地步，只要有口苦饭，便已经心满意足了。"收租老相公"的生活跟他们差得有多远，他们永远想不到，也不敢想。——他们认定一切都命中注定，只好逆来顺受，把指望托付祖宗和神灵。

在三月里，乡间敬神的社戏特别多。

按照历年的例规，到时候自会有热心的乡人为首，挨家着户募钱。农民哪怕再穷，也不会吝惜这份捐献。

演戏那天，村子里便忙忙碌碌，热火朝天。家家户户置办酒肴香烛，乘便祭祖上坟，朝山进香。午后社戏开场，少不更事的姑娘嫂子们，便要趁这一年难得的机会，换上红红绿绿的土布新衣，端端正正坐到预先用门板搭成的看台上去看戏。但家里的主人主妇，却很少有能闲适地去看一会戏的，因为他们得小心张罗，迎接客人光降。

镇上的侧主也许会趁扫墓的方便，把上坟船停下来看一看戏，这时候就得赶紧泡好一壶茶，送上瓜子花生，乡间土做的黄花果糕、松花饼；傍晚时再摆开请过祖宗的酒肴，殷勤地留客款待。

夜戏开锣，戏场上照例要比白天热闹得多。来看戏的，大半是附近村庄的闲人，镇上那些米店、油烛店、杂货店里的伙计。看过一出开场的"夺头"（全武行），各家的主人便到戏台下去找寻一些熟识的店伙先生，热心地拉到自己家里，在门前早用小桌子摆好菜肴点心，刚坐下，主妇就送出大壶"三年陈"，在锣鼓声里把客人灌得大醉。

他们用最大的诚心邀客，客人半推半就："啊哟，老八斤，别拉呵，背心袖子也给拉掉了！"到后却总是大声笑着领了情。这殷勤有点用处，端午下乡收账时可以略略通融，或者在交易中占上一点小便宜。

在从前，演戏以外还有迎神赛会。

迎起会来，当然更热闹非凡。我们家乡，三月里的张神会最出名，初五初六，接连两天的日会夜会，演戏，走浮桥，放焰火，那狂欢的景象，至今梦里依稀。可是这种会至少有七八年烟消火灭，现在连社戏也听说演得很少。农民的生计一年不如一年，他们虽然还信神佞佛，但也无力顾及这些了——今年各处都在举行"新生活运动"提灯会，起先我想，故乡的张神会也许会借此出迎一次罢？可是没有。只是大地春回，一年一度，依然多情地到茅檐草庐访问。

春天是使人多幻想，多做梦的。那些忠厚的农民，一年一年地挣扎下来，这时候又像遍野的姹紫嫣红，编织他们可怜的美梦了。

在三月里，他们是兴奋的，乐观的；一过了三月，他们便要在现实的灾难当中，和生活作艰辛的搏斗了。

故乡情

茹志鹃

随着年龄的增长，我对那些不惜万里迢迢而来寻根的人，有了一种同感。这是一种捉摸不住，讲说不清，难以言传，而又排遣不开的感情。

它好像很巨大，又好像很琐细。具体得如一撮土，一滴水。但要说它只是一撮土、一滴水，又似乎绝非如此，它又大得无从搬移，无法传递，不可替代。它是天，它是地，它是山，它是水。然而它又非一般的天、地、山、水，它和民族，和祖先，和各人逝去的童年，或青年时代的岁月，和中华民族的历史，和个人的经历镶嵌在一起，盘根错节地联在一起的那个天、那个地、那个山、那个水，还有那种对别人毫无意味，对自己却无比亲切的乡音。

说实在话，世上有着许许多多比乡土更加美妙，更加怡人的地方。但独有故乡却是"我的"，它像母亲一样，无可选择。美的，不够美的，都一样，是亲爱的，是"我的"，它不会让人时时挂念，却能令人终生难以忘怀。这就是故乡，人人都有的故土之情。

绍兴是我的祖籍，我没有在这里住过，对它并不熟悉。绍兴话亦只是小时候听祖母说过，但不知为什么，这里的一切都使我向往。为了探望故土，为了聆听乡音，我来到了绍兴。

坐着蚱蜢似的乌篷船，沿着小河，沙沙地擦着野生花草，经过一道一道圆拱的、半菱形的石头小桥，经过林边的埠头，那里，着青布衫的姑娘在洗衣裳，穿红球衣的小伙子在挑水。在一圈一圈的水晕里，他们好像飘动在纤青拖蓝的白云之间。

坐在船尾摇船的老倌，一面用脚蹬着桨，用手里的划子点拨着船的方向，一面嘴里热闹地说着话。说着路途如何的远，到的所在又是如何的偏僻，回程的生意又是如何难找，等等。当听到我们同意加他一点船钱的时候，他又大声地发出一连串的感叹词：

"喔唷！啧啧，这位师母真是……啊！真是……"随着那汩汩而进的小船，那乡音在故乡的水上跳着，笑着，滑着，热热闹闹地送得老远老远……

这一切对我都是新鲜的，但又觉得很熟悉，是见过的。在哪里见的呢？说不出，也许是在梦里。

　　我曾经做过这样的梦么？

故 乡

丰子恺

在古人的诗词中，可以看见"归""乡""家""故乡""故园""作客""羁旅"等字屡屡出现，因此可以推想古人对于故乡是何等地亲爱，渴望，而对于离乡作客是何等地嫌恶的。其例不胜枚举。普通的如：

举头望明月，低头思故乡。（李白）

白日放歌须纵酒，青春作伴好还乡。（杜甫）

共看明月应垂泪，一夜乡心五处同。（白居易）

故园东望路漫漫，双袖龙钟泪不干。（岑参）

不知何处吹芦管，一夜征人尽望乡。（李益）

等是有家归未得，杜鹃休向耳边啼。（张泌）

想得故园今夜月，几人相忆在江楼。（杜荀鹤）

故园此去千馀里，春梦犹能夜夜归。（顾况）

万里悲秋常作客。（杜甫）

忽闻歌古调，归思欲沾襟。（杜审言）

老至居人下，春归在客先。（刘长卿）

羁旅长堪醉，相留畏晓钟。（戴叔伦）

随便拿本《唐诗三百首》来翻翻，已经翻出了一打的实例了。以前我曾经说过，古人的诗词集子，几乎没有一页中没有"花"字，"月"字，"酒"字。现在又觉得"乡"字之多也不亚于上三者。由此推想，古人所大欲的大概就是"花""月""酒""乡"四事。一个人只要能一生涯坐在故乡的家里对花邀月饮酒，就得其所哉。

现代人就不同：即使也不乏喜欢对花邀月饮酒的人，但不一定要在故乡的家里。不但如此，他们在故乡的家里对花邀月饮酒反而不畅快，因为乡村大都破产了。他们必须离家到大都会里去，对人为的花，邀人造的月，饮舶来的洋酒，方才得其所哉。

所以花月和酒大概可以长为人类所爱慕之物；而乡之一字恐不久将为人所忘却。即使不被忘却，其意义也得变更：失却了"故乡"的意义，而仅存"乡村破产"的"乡"字的意义。

这变迁，原是由于社会状态不同而来。在古昔的是农业时代，一家可以累代同居在故乡的本家里生活。但到了现今的工商业时代，人都离去了破产的乡村而到大都会里去找生活，就无暇纪念他们的故乡。他们的子孙生在这个大都会里，长大后又转到别个大都会里去找生活，就在别个大都会里住家。在他们就只有生活的地方，而无所谓故乡。"到处为家"，在古代是少数的游方僧、侠客之类的事，在现代却变成了都会里的职工的行为，故前面所举的那种诗句，现在已渐渐失却其鉴赏的价值了。现在都会里的人举头望见明月，低头所思的或恐是亭子间里的小家庭。而青春作伴，现代人看来最好是离乡到都会去。至于因怀乡而垂泪，沾襟，双袖不干，或是春梦夜夜归乡，更是现代的都会之客所梦想不到的事了。艺术与生活的关系，于此可见一斑。农业时代的生活不可复现。然而大家离乡背井，拥挤到都会里去，又岂是合理的生活？

我是扬州人

朱自清

有些国语教科书里选的有我的文章，注解里或说我是浙江绍兴人，或说我是江苏江都人——就是扬州人。有人疑心江苏江都人是错了，特地老远地写信托人来问我。我说两个籍贯都不算错，但是若打官话，我得算浙江绍兴人。浙江绍兴是我的祖籍或原籍，我从进小学就填的这个籍贯；直到现在，在学校里服务快三十年了，还是报的这个籍贯。不过绍兴我只去过两回，每回只住了一天；而我家里除先母外，没一个人会说绍兴话。

　　我家是从先祖才到江苏东海做小官。东海就是海州，现在是陇海路的终点。我就生在海州。四岁的时候先父又到邵伯镇做小官，将我们接到那里。海州的情形我全不记得了，只对海州话还有亲热感，因为父亲的扬州话里夹着不少海州口音。在邵伯住了差不多两年，是住在万寿宫里。万寿宫的院子很大，很静；门口就是运河。河坎很高，我常向河里扔瓦片玩儿。邵伯有个铁牛湾，那儿有一条铁牛镇压着。父亲的当差常抱我去看它，骑它，抚摩它。镇里的情形我也差不多忘记了。只记住在镇里一家人家的私塾里读过书，在那里认识了一个好朋友叫江家振。我常到他家玩儿，傍晚和他坐在他家荒园里一根横倒的枯树干上说着话，依依不舍，不想回家。这是我第一个好朋友，可惜他未成年就死了；记得他瘦得很，也许是肺病罢？

六岁那一年父亲将全家搬到扬州。后来又迎养先祖父和先祖母。父亲曾到江西做过几年官，我和二弟也曾去过江西一年；但是老家一直在扬州住着。我在扬州读初等小学，没毕业；读高等小学，毕了业；读中学，也毕了业。我的英文得力于高等小学里一位黄先生，他已经过世了。还有陈春台先生，他现在是北平著名的数学教师。这两位先生讲解英文真清楚，启发了我学习的兴趣；只恨我始终没有将英文学好，愧对这两位老师。还有一位戴子秋先生，也早过世了，我的国文是跟他老人家学着做通了的。那是辛亥革命之后在他家夜塾里的时候。中学毕业，我是十八岁，那年就考进了北京大学预科，从此就不常在扬州了。

　　就在十八岁那年冬天，父亲母亲给我在扬州完了婚。内人武钟谦女士是杭州籍，其实也是在扬州长成的。她从不曾去过杭州；后来同我去是第一次。她后来因为肺病死在扬州，我曾为她写过一篇《给亡妇》。我和她结婚的时候，祖父已死了好几年了。结婚后一年祖母也死了。他们两老都葬在扬州，我家于是有祖茔在扬州了。后来亡妇也葬在这祖茔里。母亲在抗战前两年过去，父亲在胜利前四个月过去，遗憾的是我都不在扬州；他们也葬在那祖茔里。这中间叫我痛心的是死了第二个女儿！她性情好，爱读书，做事负责任，待朋友最好。已经成人了，不知什么病，一天半就完了！她也葬在祖茔里。我有九个孩子。除第二个女儿外，还有一个男孩不到一岁就死在扬州；其余亡妻生的四个孩子都曾在扬州老家住过多少年。这个老家直到今年夏初才解散了，但是还留着一位老年的庶母在那里。

我家跟扬州的关系，大概够得上古人说的"生于斯，死于斯，歌哭于斯"了。现在亡妻生的四个孩子都已自称为扬州人了；我比起他们更算是在扬州长成的，天然更该算是扬州人了。但是从前一直马马虎虎地骑在墙上，并且自称浙江人的时候还多些，又为了什么呢？这一半因为报的是浙江籍，求其一致；一半也还有些别的道理。这些道理第一桩就是籍贯是无所谓的。那时要做一个世界人，连国籍都觉得狭小，不用说省籍和县籍了。那时在大学里觉得同乡会最没有意思。

　　我同住的和我来往的自然差不多都是扬州人，自己却因为浙江籍，不去参加江苏或扬州同乡会。可是虽然是浙江绍兴籍，却又没跟一个道地浙江人来往，因此也就没人拉我去开浙江同乡会，更不用说绍兴同乡会了。这也许是两栖或骑墙的好处罢？然而出了学校以后到底常常会到道地绍兴人了。我既然不会说绍兴话，并且除了花雕和兰亭外几乎不知道绍兴的别的情形，于是乎往往只好自己承认是假绍兴人。那虽然一半是玩笑，可也有点儿窘的。

　　还有一桩道理就是我有些讨厌扬州人；我讨厌扬州人的小气和虚气。小是眼光如豆，虚是虚张声势，小气无须举例。虚气例如已故的扬州某中央委员，坐包车在街上走，除拉车的外，又跟上四个人在车子边推着跑着。我曾经写过一篇短文，指出扬州人这些毛病。后来要将这篇文收入散文集《你我》里，商务印书馆不肯，怕再闹出"闲话扬州"的案子。这当然也因为他们总以为我是浙江人，而浙江人骂扬州人是会得罪扬州人的。但是我也并不抹杀扬州的好处，曾经写过一篇《扬州的夏日》，还有在《看花》里也提起扬州福缘庵的桃花。再说现在年纪大些了，觉得小气和虚气都可以算是地方气，绝不止是扬州人如此。从前自己常答应人说自己是绍兴人，一半又因为绍兴人有些戆气，而扬州人似乎太聪明。其实扬州人也未尝没戆气，我的朋友任中敏（二北）先生，办了这么多年汉民中学，不管人家理会不理会，难道还不够"戆"的！绍兴人固然有戆气，但是也许还有别的气我讨厌的，不过我不深知罢了。这也许是阿Q的想法罢？然而我对于扬州的确渐渐亲热起来了。

扬州真像有些人说的，不折不扣是个有名的地方。不用远说，李斗《扬州画舫录》里的扬州就够羡慕的。可是现在衰落了，经济上是一日千丈地衰落了，只看那些没精打采的盐商家就知道。扬州人在上海被称为江北佬，这名字总而言之表示低等的人。江北佬在上海是受欺负的，他们于是学些不三不四的上海话来冒充上海人。到了这地步他们可竟会忘其所以地欺负起那些新来的江北佬了。这就养成了扬州人的自卑心理。抗战以来许多扬州人来到西南，大半都自称为上海人，就靠着那一点不三不四的上海话；甚至连这一点都没有，也还自称为上海人。其实扬州人在本地也有他们的骄傲的。他们称徐州以北的人为侉子，那些人说的是侉话。他们笑镇江人说话土气，南京人说话大舌头，尽管这两个地方都在江南。英语他们称为蛮话，说这种话的当然是蛮子了。然而这些话只好关着门在家里说，到上海一看，立刻就会矮上半截，缩起舌头不敢喷一声了。扬州真是衰落得可以啊！

我也是一个江北佬，一大堆扬州口音就是招牌，但是我却不愿做上海人；上海人太狡猾了。况且上海对我太生疏，生疏的程度跟绍兴对我也差不多；因为我知道上海虽然也许比知道绍兴多些，但是绍兴究竟是我的祖籍，上海是和我水米无干的。然而年纪大起来了，世界人到底做不成，我要一个故乡。俞平伯先生有一行诗，说"把故乡掉了"。其实他掉了故乡又找到了一个故乡；他诗文里提到苏州那一股亲热，是可羡慕的，苏州就算是他的故乡了。他在苏州度过他的童年，所以提起来一点一滴都亲亲热热的，童年的记忆最单纯最真切，影响最深最久；种种悲欢离合，回想起来最有意思。"青灯有味是儿时"，其实不止青灯，儿时的一切都是有味的。这样看，在那儿度过童年，就算那儿是故乡，大概差不多罢？这样看，就只有扬州可以算是我的故乡了。何况我的家又是"生于斯，死于斯，歌哭于斯"呢？所以扬州好也罢，歹也罢，我总该算是扬州人的。

海市

杨　朔

我的故乡蓬莱是个偎山抱海的古城，城不大，风景却别致。特别是城北丹崖山峭壁上那座凌空欲飞的蓬莱阁，更有气势。你倚在阁上，一望那海天茫茫、空明澄碧的景色，真可以把你的五脏六腑都洗得干干净净。这还不足为奇，最奇的是海上偶然间出现的幻景，叫海市。小时候，我也曾见过一回。记得是春季，雾蒙天，我正在蓬莱阁后拾一种被潮水冲得溜光滚圆的玑珠，听见有人喊："出海市了。"只见海天相连处，原先的岛屿一时不知都藏到哪儿去了，海上劈面立起一片从来没见过的山峦，黑苍苍的，像水墨画一样。满山都是古松古柏；松柏稀疏的地方，隐隐露出一带渔村。山峦时时变化着，一会儿山头上幻出一座宝塔，一会儿山洼里又现出一座城市，市上游动着许多黑点，影影绰绰的，极像是来来往往的人马车辆。又过一会儿，山峦城市慢慢消下去，越来越淡，转眼间，天青海碧，什么都不见了，原先的岛屿又在海上重现出来。

　　这种奇景，古时候的文人墨客看到了，往往忍不住要高声咏叹。且看蓬莱阁上那许多前人刻石的诗词，多半都是题的海市蜃楼，认为那就是古神话里流传的海上仙山。最著名的莫过于苏东坡的海市诗，开首几句写着："东方云海空复空，群仙出没空明中，摇荡浮世生万象，岂有贝阙藏珠宫……"可见海市是怎样的迷人了。只可惜这种幻景轻易看不见。我在故乡长到十几岁，也只见过那么一回。故乡一别，雨雪风霜，转眼就是二十多年。今年夏天重新踏上那块滚烫烫的热土，爬到蓬莱阁上，真盼望海上能再出现那种缥缥缈缈的奇景。偏我来得不是时候。一般得春景天，雨后，刮东风，才有海市。于今正当盛夏，岂不是空想。可是啊，海市不出来，难道我们不能到海市经常出现的地方去寻寻看么？也许能寻得见呢。

于是我便坐上船，一直往海天深处开去。好一片镜儿海。海水碧蓝碧蓝的，蓝得人心醉，我真想变成条鱼，钻进波浪里去。鱼也确实惬意。瞧那海面上露出一条大鱼的脊梁，像座小山，那鱼该有十儿丈长吧？我正看得出神，眼前剌溜一声，水里飞出另一条鱼，展开翅膀，贴着水皮飞出去老远，又落下去。

我又惊又喜地问道："鱼还会飞么？"

船上掌舵的说："燕儿鱼呢，你看像不像燕子？烟雾天，有时会飞到船上来。"那人长得高大健壮，一看就知道是个航海的老手，什么风浪都经历过。他问我道："是到海上去看捕鱼的么？"

我说："不是，是去寻海市。"

那舵手瞟我一眼说："海市还能寻得见么？"

我笑着说："寻得见——你瞧，前面那不就是？"就朝远处一指，那儿透过淡淡的云雾，隐隐约约现出一带岛屿。

那舵手稳稳重重一笑说："可真是海市，你该上去逛逛才是呢。"

赶到船一靠近岛屿，我便跨上岸，走进海市里去。

果然不愧是"海上仙山"。这一带岛屿烟笼雾绕，一个衔着一个，简直是条锁链子，横在渤海湾里。

渤海湾素来号称北京的门户，有这条长链子挂在门上，门就锁得又紧又牢。别以为海岛总是冷落荒凉的，这儿山上山下，高坡低洼，满眼葱绿苍翠，遍是柞树、槐树、杨树、松树，还有无数冬青、葡萄以及桃、杏、梨、苹果等多种果木花树。树叶透缝的地方，时常露出一带渔村，青堂瓦舍，就和我小时候在海市里望见的一模一样。先前海市里的景物只能远望，不能接近，现在你却可以走进渔民家去，跟渔民谈谈心。岛子上四通八达，到处是浓荫夹道的大路。顺着路慢慢走，你可以望见海一般碧绿的庄稼地里闪动着鲜艳的衣角。那是喜欢穿红挂绿的渔家妇女正在锄草。有一个青年妇女却不动手，鬓角上插着枝野花，立在槐树凉影里，倚着锄，在做什么呢？哦！原来是在听公社扩音器里播出的全国麦收的消息。

说起野花，也是海岛上的特色。春天有野迎春；夏天太阳一西斜，漫山漫坡是一片黄花，散发着一股清爽的香味。黄花丛里，有时会挺起一枝火焰般的野百合花。凉风一起，蟋蟀叫了，你就该闻见野菊花那股极浓极浓的药香。到冬天，草黄了，花也完了，天上却散下花来，于是满山就铺上一层耀眼的雪花。

立冬小雪，正是渔民拉干贝的季节。渔船都扬起白帆，往来拉网，仿佛是成群结队翩翩飞舞的白蝴蝶。干贝、鲍鱼、海参一类东西，本来是极珍贵的海味。你到渔业生产队去，人家留你吃饭，除了鲐鱼子、燕儿鱼丸子而外，如果端出雪白鲜嫩的新干贝，或者是刚出海的鲍鱼，你一点不用大惊小怪，以为是大摆筵席，其实平常。

捕捞这些海产却是很费力气的。哪儿有悬崖陡壁，海水又深，哪儿才盛产干贝鲍鱼等。我去参观过一次"碰"鲍鱼的。干这行的渔民都是中年人，水性好，经验多，每人带一把小铲，一个葫芦，葫芦下面系着一张小网。趁落潮的时候，水比较浅，渔民戴好水镜，先在水里四处游着，透过水镜望着海底。一发现鲍鱼，便丢下葫芦钻进水底下去。鲍鱼也是个怪玩意儿，只有半面壳，附在礁石上，要是你一铲子铲不下来，砸烂它的壳，再也休想拿得下来。渔民拿到鲍鱼，便浮上水面，把鲍鱼丢进网里，扶着葫芦喘几口气，又钻下去。他们都像年轻小伙子一样嬉笑欢闹，往我们艇子上扔壳里闪着珍珠色的鲍鱼，扔一尺左右长的活海参，扔贝壳像蒲扇一样的干贝，还扔一种叫"刺锅"的怪东西，学名叫海胆，圆圆的，周身满是挺长的黑刺，跟刺猬差不多，还会爬呢。

最旺的渔季自然是春三月。岛子上有一处好景致，叫花沟，遍地桃树，年年桃花开时，就像那千万朵朝霞落到海岛上来。桃花时节，也是万物繁生的时节。雪团也似的海鸥会坐在岩石上自己的窝里，一心一意孵卵，调皮的孩子爬上岩石，伸手去取鸥蛋，那母鸥也只转转眼珠，动都懒得动。黄花鱼起了群，都从海底浮到海面上，大鲨鱼追着吃，追得黄花鱼叫。听见鱼叫，渔民就知道是大鱼群来了，一网最多的能捕二十多万条，倒在舱里，一跳一尺多高。俗话说得好："过了谷雨，百鱼上岸。"

大对虾也像一阵乌云似的涌到近海，密密层层。你挤我撞，挤得在海面上乱蹦乱跳。这叫桃花虾，肚子里满是子儿，最肥。渔民便用一种网上绑着坛子做浮标的"坛子网"拉虾，一网一网往船上倒，一网一网往海滩上运，海滩上的虾便堆成垛，垛成山。渔民不叫它是虾山，却叫作金山银山。这是最旺的渔季，也是最热闹的海市。

现在不妨让我们走进海市的人家里去看看。老宋是个结实精干的壮年人，眉毛漆黑，眼睛好像瞌睡无神，人却是像当地人说的：机灵得像海马一样。半辈子在山风海浪里滚，斗船主，闹革命，现时是一个生产大队的总支书记。他领我去串了几家门子，家家都是石墙瓦房，十分整洁。屋里那个摆设，更考究：炕上铺的是又软又厚的褥子毯子；地上立的是金漆桌子、大衣柜；迎面墙上挂着穿衣镜；桌子上摆着座钟、盖碗、大花瓶一类陈设。起初我还以为是谁家新婚的洞房，其实家家如此，毫不足奇。

我不禁赞叹着说："你们的生活真像神仙啊，

富足得很。"

老宋含着笑，也不回答，指着远处一带山坡问："你看那是什么？"

那是一片坟墓，高高低低，坟头上长满蒿草。

老宋说："那不是真坟，是假坟。坟里埋的是一堆衣服，一块砖，砖上刻着死人的名字。死人呢，早埋到汪洋大海里去了。渔民常说：情愿南山当驴，不愿下海捕鱼——你想这捕鱼的人，一年到头漂在海上，说声变天，大风大浪，有一百个命也得送进去。顶可怕的是龙卷风，打着旋儿转，能把人都卷上天去。一刮大风，妇女孩子都上了山头，烧香磕头，各人都望着自己亲人的船，哭啊叫的，凄惨极啦——别说还有船主那把杀人不见血的刀逼在你的后脖颈子上。"

说到这儿，老宋低着瞌睡眼，显然在回想旧事，一面继续讲："都知道蝎子毒，不知道船主比蝎子更毒。我家里贫，十二岁就给船主做零活。三月，开桃花，小脚冻得赤红，淋着雨给船主从舱里往外舀潮水，舀得一慢，船主就拿铅鱼浮子往你头上磕。赶我长得大一点，抗日战争爆发了，蓬莱一带有共产党领导的游击队，需要往大连买钢，大约是做武器用。当时船主常到大连去装棒子面，来往做生意，我在船上替人家做饭。大连有个姓鲍的，先把钢从日本厂子里偷出来，藏到一家商店里。船主只是为财，想做这趟买卖，叫我去把钢拿回船来。你想日本特务满街转，一抓住你，还用想活命么？仗着我小，又有个小妹妹，当时住在大连我姐姐家里，我们兄妹俩拐进那家商店，妹妹把钢绑到腿上，我用手提着，上头包着点心纸，一路往回走，总觉得背后有狗腿子跟着，吓得提心吊胆。赶装回蓬莱，交给游击队，人家给两船麦子当酬劳。不想船主把麦子都扣下，一粒也不分给我。我家里净吃苦橡子面，等着粮食下锅，父亲气得去找船主，船主倒提着嗓门骂起来："麦子是俺花钱买的，你想讹诈不成？你儿子吃饭不干活，还欠我们的呢，不找你算账就算便宜你。'这一口气，我窝着多年没法出，直到日本投降，共产党来了，我当上民兵排长，斗船主，闹减租减息，轰轰烈烈干起来啦。我母亲胆小，劝我说：'儿啊，人家腿上的肉，割下来好使么？闹不好，怕不连命都赔上。'到后来，果真差一点赔上命去。"

我插嘴问："恐怕那是解放战争的事吧？"

老宋说："可不是！解放战争一打响，我转移出去，经常在海上给解放军运粮食、木料和硫黄。我是小组长。船总是黑夜跑。有一天傍亮，我照料一宿船，有点累，进舱才打个盹儿，一位同志对着我的耳朵悄悄喊：'快起来看看吧，怎么今天的渔船特别多？'我揉着眼跑出舱去，一看，围着我们里里外外全是小渔船。忽然间，小渔船一齐都张起篷来。渔船怎么会这样齐心呢？我觉得不妙，叫船赶紧靠岸。晚了，四面的船早靠上来，打了几枪，一个大麻子脸一步跨上我们的船，两手攥着两支枪，堵住我的胸口。原来这是个国民党大队长。他先把我绑起来，吊到后舱就打，一面打一面审问。吊打了半天，看看问不出什么口供，只得又解开我的绑，用匣子枪点着我的后脑袋，丢进舱里去。舱里还关着别的同志。过了一会，只听见上面有条哑嗓子悄悄说：'记着，可千万别承认是解放军啊。'这分明是来套我们，谁上你的圈套？舱上蒙着帆，压着些杠子，蒙得漆黑，一点不透气。我听见站岗的还是那个哑嗓子的人，仰着脸说：'你能不能露点缝，让我们透口气？'那个人一听见我的话，就蹑手蹑脚挪挪舱板，露出个大口子。想不到是个朋友。我往外一望，天黑了；辨一辨星星，知道船是往天津开。我不觉起了死的念头。既然被捕，逃是逃不出去的，不如死了好。一死，我是负责人，同志们把责任都推到我身上，什么也别承认，兴许能保住性命。说死容易，当真去死，可实在不容易啊。我想起党，想起战友，想起家里的老人，也想起孤苦伶仃的妻子儿女，眼泪再也忍不住，吧嗒吧嗒直往下滴。我思前想后了一阵，又再三再四嘱咐同志们几句话，然后忍着泪小声说：'同志们啊，我想出去解个手。'一位同志说：'你解在舱里吧。'我说：

'不行，我被打得满身是火，也想出去凉快凉快。'
就从舱缝里探出头去，四下望了望，轻轻爬上来，
一头钻进海里去，耳朵边上还听见船上的敌人说：
'大鱼跳呢。'

"那时候已经秋凉，海水冷得刺骨头，我身上
又有伤，海水一泡，火辣辣地痛。拼死命挣扎着游
了半夜，力气完了，人也昏了，随着涨潮的大流漂
流下去。不知漂了多长时候，忽然间醒过来，一睁
眼，发觉自己躺在一条大船上，眼前围着一群穿黄
军装的人，还有机关枪。以为是又落到敌人网里了！
问我话，只说是打鱼翻了船。船上给熬好米汤，一
个兵扶着我的后脖颈子，亲自喂我米汤，我这才看
清他戴的是八一帽徽，心里一阵酸，就像见到最亲
最亲的父母，一时忍不住放声大哭起来。

"我就这样得了救，船上的同志果然把责任都
推到我身上，挨了阵打，死不招认，敌人也只得
放了他们。这件事直到许久才探听清楚：原来就
是那船主怀恨在心，不知怎么摸到了我们活动的

航线，向敌人告了密，才把我们半路截住。你看可恶不可恶！"

讲到末尾，老宋才含着笑，回答我最初的话说："你不是说我们的生活像神仙么？你看这哪点像神仙？要不闹革命，就是真正神仙住的地方，也会变成活地狱。"

我问道："一闹革命呢？"

老宋说："一闹革命，就是活地狱也能变成像我们岛子一样的海上仙山。"

我不禁连连点着头笑道："对，对。只有一点我不明白：我们现在革了船主的命，可不能革大海的命。大海一变脸，岂不是照样兴风作浪，伤害人命么？"

老宋又是微微一笑，笑得十分自信。他说："明天你顶好亲自到渔船上去看看。现在渔船都组织起来，有指导船，随时随地广播渔情风情。大船都有收音机，一般的船也有无线报话机，不等风来，消息先来了，船能及时避到渔港里去，大海还能逞什么威风？不过有时意料不到，也会出事。有一回好险，几乎出大事。那回气象预报没有风，渔民早起看看太阳，通红通红的，云彩丝儿不见，也不像有风的样子，就有几只渔船出了海。不想过午忽然刮起一种阵风，浪头卷起来比小山都高，急得渔民把桅杆横绑在船上，压着风浪。这又有什么用？浪头一个接着一个打到船上来，船帮子都打坏了，眼看着要翻。正在危急的当儿，前边冷丁出现一只军舰。你知道，这里离南朝鲜不太远，不巧会碰上敌人的船。渔民发了慌。那艘军舰一步一步逼上来，逼到跟前，有些人脱巴脱巴衣裳跳下海，冲着渔船游过来。渔民一看，乐得喊：是来救我们的呀！不一会儿，渔民都被救上军舰，渔船也被拖回去。渔民都说：'要不是毛主席派大兵舰来，这回完了。'"

原来这是守卫着这个京都门户的人民海军专门赶来援救的。

看到这里，有人也许会变得不耐烦：你这算什么海市？海市原本是虚幻的，正像清朝一个无名诗人的诗句所说的："欲从海上觅仙迹，令人可望不可攀。"你怎么倒能走进海市里去？岂不是笑话！原谅我，朋友，我现在记的并不是那渺渺茫茫的海市，而是一种真实的海市。如果你到我的故乡蓬莱去看海市蜃楼，时令不巧，看不见也不必失望，我倒劝你去看看这真实的海市，比起那缥缈的幻景还要新奇，还要有意思得多呢。

　　这真实的海市并非别处，就是长山列岛。

原下的日子

陈忠实

一

　　新世纪到来的第一个农历春节过后，我买了二十多袋无烟煤和吃食，回到乡村祖居的老屋。我站在门口对着送我回来的妻女挥手告别，看着汽车转过沟口那座塌檐倾壁残颓不堪的关帝庙，折回身走进大门进入刚刚清扫过隔年落叶的小院，心里竟然有点酸酸的感觉。已经摸上六十岁的人了，何苦又回到这个空寂了近十年的老窝里来。

　　从窗框伸出的铁皮烟筒悠悠地冒出一缕缕淡灰的煤烟，火炉正在烘除屋子里整个一个冬天积攒的寒气。我从前院穿过前屋过堂走到小院，南窗前的丁香和东西围墙根下的三株枣树苗子，枝头尚不见任何动静，倒是三五丛月季的枝梢上爆出小小的紫红的芽苞，显然是春天的讯息。然而整个小院里太过沉寂太过阴冷的气氛，还是让我很难转换出回归乡土的欢愉来。

我站在院子里，抽我的雪茄。东邻的屋院差不多成了一个荒园，兄弟两个都选了新宅基建了新房搬出许多年了。西邻曾经是这个村子有名的八家院，拥挤如同鸡笼，先后也都搬迁到村子里新辟的宅基地上安居了。我的这个屋院，曾经是父亲和两位堂弟三分天下的"三国"，最鼎盛的年月，有祖孙三代十五六口人进进出出在七八个或宽或窄的门洞里。在我尚属朦胧混沌的生命区段里，看着村人把装着奶奶和被叫作厦屋爷的黑色棺材，先后抬出这个屋院，再在街门外用粗大的抬杠捆绑起来，在儿孙们此起彼伏的哭号声浪里抬出村子，抬上原坡，沉入刚刚挖好的墓坑。我后来也沿袭这种大致相同的仪程，亲手操办我的父亲和母亲从屋院到墓地这个最后驿站的归结过程。许多年来，无论有怎样紧要的事项，我都没有缺席由堂弟们操办的两位叔父一位婶娘最终走出屋院走出村子走进原坡某个角落里的墓坑的过程。现在，我的兄弟姊妹和堂弟堂妹及我的儿女，相继走出这个屋院，或在天之一方，或在村子的另一个角落，以各自的方式过着自己的日子。眼下的景象是，这个给我留下拥挤也留下热闹印象的祖居的小院，只有我一个人站在院子里。原坡上漫下来寒冷的风。从未有过的空旷。从未有过的空落。从未有过的空洞。

我的脚下是祖宗们反复踩踏过的土地。我现在又站在这方小小的留着许多代人脚印的小院里。我不会问自己也不会向谁解释为了什么又为了什么重新回来，因为这已经是行为之前的决计了。丰富的汉语言文字里有一个词儿叫龌龊。我在一段时日里充分地体味到这个词儿的不尽的内蕴。

我听见架在火炉上的水壶发出噗噗噗的响声。我沏下一杯上好的陕南绿茶。我坐在曾经坐过近二十年的那把藤条已经变灰的藤椅上，抿一口清香的茶水，瞅着火炉炉膛里炽红的炭块，耳际似乎萦绕着见过面乃至根本未见过面的老祖宗们的声音，嗨！你早该回来了。

第二天微明，我搞不清是被鸟叫声惊醒的，还是醒来后听到了一种鸟的叫声。我的第一反应是斑鸠。这肯定是鸟类庞大的族群里最单调最平实的叫声，却也是我生命磁带上最敏感的叫声。我慌忙披衣坐起，隔着窗玻璃望去，后屋屋脊上有两只灰褐色的斑鸠。在清晨凛冽的寒风里，一只斑鸠围着另一只斑鸠团团转悠，一点头，一翘尾，发出连续的咕咕咕、咕咕咕的叫声。哦！催发生命运动的春的旋律，在严寒依然裹盖着的斑鸠的躁动中传达出来了。

我竟然泪眼模糊。

二

傍晚时分，我走上灞河长堤。堤上是经过雨雪浸淫沤泡变成黑色的枯蒿枯草。沉落到西原坡顶的蛋黄似的太阳绵软无力。对岸成片的白杨树林，在蒙蒙灰雾里依然不失其肃然和庄重。河水清澈到令人忍不住又不忍心用手撩拨。一只雪白的鹭鸶，从下游悠悠然飘落在我眼前的浅水边。我无意间发现，斜对岸的那片沙地上，有个男子挑着两只装满石头的铁丝笼走出一个偌大的沙坑，把笼里的石头倒在石头垛子上，又挑起空笼走回那个低陷的沙坑。那儿用三脚架撑着一张钢丝箩筛。他把刨下的沙石一锨一锨抛向箩筛，发出连续不断千篇一律的声响，石头和沙子就在箩筛两边分流了。

我久久地站在河堤上，看着那个男子走出沙坑又返回沙坑。这儿距离西安不足三十公里。都市里的霓虹此刻该当缤纷。各种休闲娱乐的场合开始进入兴奋期。暮霭渐渐四合的沙滩上，那个男子还在沙坑与石头垛子之间来回往返。这个男子以这样的姿态存在于世界的这个角落。

我突发联想，印成一格一框的稿纸如同那张箩筛。他在他的箩筛上筛出的是一粒一粒石子。我在我的"箩筛"上筛出的是一个一个方块汉字。

现行的稿酬标准无论高了低了贵了贱了，肯定是那位农民男子的石子无法比对的。我自觉尚未无聊到滥生矫情，不过是较为透彻地意识到构成社会总体坐标的这一极。这一极与另外一极的粗细强弱的差异。

　　这是新世纪的第一个早春。这是我回到原下祖屋的第二天傍晚。这是我的家乡那条曾为无数诗家墨客提供柳枝，却总也寄托不尽情思离愁的灞河河滩。此刻，三十公里外的西安城里的霓虹灯，与灞河两岸或大或小村庄里隐现的窗户亮光；豪华或普通轿车壅塞的街道，与田间小道上悠悠移动的架子车；出入大饭店小酒吧的俊男倩女打蜡的头发涂红（或紫）的嘴唇，与拽着牛羊缰绳背着柴火的乡村男女；全自动或半自动化的生产流水线，与那个在沙坑在箩筛前挑战贫穷的男子……构成当代社会的大坐标。我知道我不会再回到挖沙筛石这一极中去，却在这个坐标中找到了心理平衡的支点，也无法从这一极上移开眼睛。

三

村庄背靠的鹿原北坡。遍布原坡的大大小小的沟梁奇形怪状。在一条阴沟里该是最后一坨尚未化释的残雪下，有三两株露头的绿色，淡淡的绿，嫩嫩的黄，那是茵陈，长高了就是蒿草，或卑称臭蒿子。嫩黄淡绿的茵陈，不在乎那坨既残又脏经年未化的雪，宣示了春天的气象。

桃花开了，原坡上和河川里，这儿那儿浮起一片一片粉红的似乎流动的云。杏花接着开了，那儿这儿又变幻出似走似住的粉白的云。泡桐花开了，无论大村小庄都被骤然爆出的紫红的花帐笼罩起来了。洋槐花开的时候，首先闻到的是一种令人总也忍不住深呼吸的香味，然后惊异庄前屋后和坡坎上已经敷了一层白雪似的脂粉。小麦扬花时节，原坡和河川铺天盖地的青葱葱的麦子，把来自土地最诱人的香味，释放到整个乡村的田野和村庄，灌进庄稼院的围墙和窗户。椿树的花儿在庞大的树冠和浓密的枝叶里，只能看到绣成一团一串的粉黄，毫不起眼，几乎没有任何观赏价值，然而香味却令人久久难以忘怀。中国槐大约是乡村树族中最晚开花的一家，时令已进入伏天，燥热难耐的热浪里，闻一缕中国槐花的香气，顿然会使焦躁的心绪沉静下来。从农历二月二龙抬头迎春花开伊始，直到大雪漫地，村庄、原坡和河川里的花儿便接连开放，各种奇异的香味便一波迭过一波。且不说那些红的黄的白的紫的各色野草和野花，以及秋来整个原坡都覆盖着的金黄灿亮的野菊。

五月是最好的时月，这当然是指景致。整个河川和原坡都被麦子的深绿装扮起来，几乎看不到巴掌大一块裸露的土地。一夜之间，那令人沉迷的绿野变成满眼金黄，如同一只魔掌在翻手之瞬间创造出来神奇。一年里最红火最繁忙的麦收开始了，把从去年秋末以来的缓慢悠闲的乡村节奏骤然改变了。红苔是秋收的最后一料庄稼，通常是待头一场浓霜降至，苕叶变黑之后才开挖。湿漉漉的新鲜泥土的坂畦里，排列着一行行刚刚出土的红艳艳的红苕，常常使我的心发生悸动。被文人们称为弱柳的叶子，居然在这河川里最后卸下盛妆，居然是最耐得霜冷的树。柳叶由绿变青，由青渐变浅黄，直到几番浓霜击打，通身变成灿灿金黄，张扬在河堤上河湾里，或一片或一株，令人钦佩生命的顽强和生命的尊严。小雪从灰蒙蒙的天空飘下来时，我在乡间感觉不到严冬的来临，却体味到一缕圣洁的温柔，本能地仰起脸来，让雪片在脸颊上在鼻梁上在眼窝里飘落、融化，周围是雾霭迷茫的素净的田野。直到某一日大雪降至，原坡和河川都变成一抹银白的时候，我抑止不住某种神秘的诱惑，在黎明的浅淡光色里走出门去，在连一只兽蹄鸟爪的痕迹也难觅踪的雪野里，踏出一行脚印，听脚下的好雪发出铮铮铮的脆响。

　　我常常在上述这些情景里，由衷地咏叹，我原下的乡村。

四

漫长的夏天。

夜幕迟迟降下来。我在小院里支开躺椅，一杯茶或一瓶啤酒，自然不可或缺一支烟。夜里依然有不泯的天光，也许是繁密的星星散发的。白鹿原刀裁一样的平顶的轮廓，恰如一张简洁到只有深墨和淡墨的木刻画。我索性关掉屋子里所有的电灯，感受天光和地脉的亲和，偶尔可以看到一缕鬼火飘飘忽忽掠过。

有细月或圆月的夜晚，那景象就迷人了。我坐在躺椅上，看圆圆的月亮浮到东原头上，然后渐渐升高，平静地一步一步向我面前移来，幻如一个轻摇莲步的仙女，再一步一步向原坡的西部挪步，直到消失在西边的屋脊背后。

某个晚上，瞅着月色下迷迷蒙蒙的原坡，我却替两千年前的刘邦操起闲心来。他从鸿门宴上脱身以后，是抄哪条捷径便道逃回我眼前这个原上的营垒的？"沛公军灞上。"灞上即指灞陵原。汉文帝就葬在白鹿原北坡坡畔，距我的村子不过十六七里路。文帝陵史称灞陵，分明是依着灞水而命名。这个地处长安东郊自周代就以白鹿得名的原，渐渐被"灞陵原""灞陵""灞上"取代了。刘邦驻军在这个原上，遥遥相对灞水北岸骊山脚下的鸿门，我的祖居的小村庄恰在当间。也许从那个千钧一发命悬一线的宴会逃跑出来，在风高月黑的那个恐怖之夜，刘邦慌不择路翻过骊山涉过灞河，从我的村头某家的猪圈旁爬上原坡直到原顶，才嘘出一口气来。无论这逃跑如何狼狈，并不影响他后来打造汉家天下。

大唐诗人王昌龄，原为西安城里人，出道前隐居白鹿原上滋阳村，亦称芷阳村。下原到灞河钓鱼，提镰在菜畦里割韭菜，与来访的文朋诗友饮酒赋诗，多以此原和原下的灞水为叙事抒情的背景。我曾查阅资料企图求证滋阳村村址，毫无踪影。

我在读到一本"历代诗人咏灞桥"的诗集时，

大为惊讶，除了人皆共知的"年年柳色，灞陵伤别"所指的灞桥，灞河这条水，白鹿（或灞陵）这道原，竟有数以百计的诗圣诗王诗魁都留了绝唱和独唱。

> 宠辱忧欢不到情，
> 任他朝市自营营。
> 独寻秋景城东去，
> 白鹿原头信马行。

这是白居易的一首七绝。是诸多以此原和原下的灞水为题的诗作中的一首。是最坦率的一首，也是最通俗易记的一首。一目了然可知白诗人在长安官场被蝇营狗苟的龌龊惹烦了，闹得腻了，倒胃口了，想呕吐了。却终于说不出口呕不出喉，或许是不屑于说或吐，干脆骑马到白鹿原头逛去。

还有什么龌龊能淹没脏污这个以白鹿命名的原呢？断定不会有。

我在这原下的祖屋生活了两年。自己烧水沏茶。

把夫人在城里擀好切碎的面条煮熟。夏日一把躺椅冬天一抱火炉。傍晚到灞河沙滩或原坡草地去散步。一觉睡到自来醒。当然，每有一个短篇小说或一篇散文写成，那种愉悦，相信比白居易纵马原上的心境差不了多少。正是原下这两年的日子，是近八年以来写作字数最多的年份，且不说优劣。

我愈加固执一点，在原下进入写作，便进入我生命运动的最佳气场。

老　家

孙　犁

前几年，我曾诌过两句旧诗："梦中每迷还乡路，愈知晚途念桑梓。"最近几天，又接连做这样的梦：要回家，总是不自由。请假不准，或是路途遥远。有时决心起程，单人独行，又总是在日已西斜时，迷失路途，忘记要经过的村庄的名字，无法打听。或者是遇见雨水，道路泥泞；而所穿鞋子又不利于行路，有时鞋太大，有时鞋太小，有时倒穿着有时横穿着，有时系以绳索。种种困扰，非弄到急醒了不可。

也好，醒了也就不再着急，我还是躺在原来的地方，原来的床上，舒一口气，翻一个身。

其实，"文化大革命"以后，我已经回过两次老家，这些年就再也没有回去过，也不想再回去了。一是，家里已经没有亲人，回去连给我做饭的人也没有了。二是，村中和我认识的老年人越来越少，中年以下都不认识，见面只能寒暄几句，没有什么意思。

前两次回去，一次是陪伴一位正在相爱的女人，一次是在和这位女人不睦之后。第一次，我们在村庄的周围走了走，在田头路边坐了坐，蘑菇也采过，柴火也拾过。第二次，我一个人，看见新人丘陇，故园荒废，触景生情，心绪很坏，不久就回来了。

现在，梦中思念故乡的情绪，又如此浓烈，究竟是什么道理呢？实在说不清楚。

我是从十二岁离开故乡的。但有时出来，有时回去，老家还是我固定的窠巢，游子的归宿。中年以后，则在外之日多，居家之日少，且经战乱，行居无定。及至晚年，不管怎样说和如何想，回家去住，是不可能的了。

是的，从我这一辈起，我这一家人，就要流落异乡了。

人对故乡，感情是难以割断的，而且会越来越萦绕在意识的深处，形成不断的梦境。

那里的河流，确已经干了，但风沙还是熟悉的；屋顶上的炊烟不见了，灶下做饭人，也早已不在。老屋顶上长着很高的草破漏不堪；村人故旧，都指点着说："这一家人，都到外面去了，不再回来了。"

我越来越思念我的故乡，也越来越尊重我的故乡。前不久，我写信给一位青年作家说："写文章得罪人，是免不了的。但我甚不愿因为写文章，得罪乡里，遇有此等情节，一定请你提醒我注意！"

　　最近有朋友到我们村里去了一趟，给我几间老屋拍了一张照片，在村支书家里，吃了一顿饺子。关于老屋，支书对他说："前几年，我去信问他，他回信说：'也不拆，也不卖，听其自然，倒了再说。'看来，他对这几间破房，还是有感情的。"

　　朋友告诉我：现在村里新房林立，果树成行。我那几间破房，留在那里，实在太不调和了。

　　我解嘲似的说："那总是一个标志，证明我曾是村中的一户。人们路过那里，看到那破房，就会想起我，念叨我。不然，就真的会把我忘记了。"

　　但是，新的正在突起，旧的终归要消失。

乡土情结

柯 灵

君自故乡来，应知故乡事。

来日绮窗前，寒梅着花未？

　　　　　——王维

　　每个人的心里，都有一方魂牵梦萦的土地。得意时想到它，失意时想到它。逢年逢节，触景生情，随时随地想到它。海天茫茫，风尘碌碌，酒阑灯灺人散后，良辰美景奈何天，洛阳秋风，巴山夜雨，都会情不自禁地惦念它。离得远了久了，使人愁肠百结："客舍并州已十霜，归心日夜忆咸阳。无端又渡桑乾水，却望并州是故乡。"好不容易能回家了，偏又忐忑不安："岭外音书断，经冬复历春。近乡情更怯，不敢问来人。""异乡人"这三个字，听起来音色苍凉；"他乡遇故知"，则是人生一快。一个怯生生的船家女，偶尔在江上听到乡音；就不觉喜上眉梢，顾不得娇羞，和隔船的陌生男子搭讪："君家居何处？妾住在横塘。停船暂借问，或恐是同乡。"辽阔的空间，悠邈的时间，都不会使这种感情褪色：这就是乡土情结。

人生旅途崎岖修远，起点站是童年。人第一眼看见的世界——几乎是世界的全部，就是生我育我的乡土。他开始感觉饥饱寒暖，发为悲啼笑乐。他从母亲的怀抱，父亲的眼神，亲族的逗弄中开始体会爱。但懂得爱的另一面——憎和恨，却须在稍稍接触人事以后。乡土的一山一水，一虫一鸟，一草一木，一星一月，一寒一暑，一时一俗，一丝一缕，一饮一啜，都溶化为童年生活的血肉，不可分割。而且可能祖祖辈辈都植根在这片土地上，有一部悲欢离合的家史。在听祖母讲故事的同时，就种在小小的心坎里。邻里乡亲，早晚在街头巷尾、桥上井边、田塍篱角相见，音容笑貌，闭眼塞耳也彼此了然，横竖呼吸着同一的空气，濡染着同一的风习，千丝万缕沾着边。一个人为自己的一生定音定调定向定位，要经过千磨百折的摸索，前途充满未知数，但童年的烙印，却像春蚕作茧，紧紧地包着自己，又像文身的花纹，一辈子附在身上。

"金窝银窝，不如家里的草窝。"但人是不安分的动物，多少人仗着年少气盛，横一横心，咬一咬牙，扬一扬手，向恋恋不舍的家乡告别，万里投荒，去寻找理想，追求荣誉，开创事业，富有浪漫气息。有的只是一首朦胧诗——为了闯世界。多数却完全是沉重的现实主义格调：许多稚弱的童男童女，为了维持最低限度的生存要求，被父母含着眼泪打发出门，去串演各种悲剧。人一离开乡土，就成了失根的兰花，逐浪的浮萍，飞舞的秋蓬，因风四散的蒲公英，但乡土的梦，却永远追随着他们。"慈母手中线，游子身上衣"，这根线的长度，足够绕地球三匝，随卫星上天。

浪荡乾坤的结果，多数是少年子弟江湖老，黄金、美人、虚名、实惠，都成了竹篮打水一场空。有的侘傺无聊，铩羽而归。有的春花秋月，流连光景，"未老莫还乡，还乡须断肠"。有的倦于奔竞，跳出名利场，远离是非地，"只应守寂寞，还掩故园扉"。有的素性恬淡，误触尘网，不愿为五斗米折腰，归去来兮，种菊东篱，怡然自得——但要达到这境界，至少得有几亩薄田，三间茅舍作退步，否则就只好寄人篱下，终老他乡。只有少数中的少数、个别中的个别，在亿万分之一的机会里冒险成功，春风得意，衣锦还乡——"富贵不归故乡，如衣绣夜行，谁知之者！"这句名言的创作者是楚霸王项羽，但他自己功败垂成，并没有做到。他带着江东八千子弟出来造反，结果无一生还，自觉无颜再见江东父老，毅然在乌江慷慨自刎。项羽不愧为盖世英雄，论力量对比，他比他的对手刘邦强得多，但在政治策略上棋输一着：他自恃无敌，所过大肆杀戮，乘胜火烧咸阳；而刘邦虽然酒色财货无所不好，入关以后，却和百姓约法三章，秋毫无犯，终于天下归心，奠定了汉室江山，当了皇上。回到家乡，大摆筵席，宴请故人父老兄弟，狂歌酣舞，足足闹了十几天。"大风起兮云飞扬，威加海内兮归故乡，安得猛士兮守四方！"这就是刘邦当时的得意之作，载在诗史，流传至今。

灾难使成批的人流离失所，尤其是战争，不但造成田园寥落，骨肉分离，还不免导致道德崩坏，人性扭曲。刘邦同项羽交战败北，狼狈逃窜，为了顾自己轻车脱险，三次把未成年的亲生子女狠心从车上推下来。项羽抓了刘邦的父亲当人质，威胁要烹了他，刘邦却说：咱哥儿们，我爹就是你爹，你要是烹了他，别忘记"分我杯羹"。为了争天下，竟可以丧心病狂到这种地步！当然，战争有正义与非正义之分，"国家兴亡，匹夫有责""匈奴未灭，何以家为""四方丈夫事，平心铁石心""男儿何不带吴钩，收取关山五十州"，都是千古美谈。但正义战争的终极目的，正在于以战止战，缔造和平，而不是以战养战、以暴易暴。比灾难、战争更使人难以为怀的，是放逐：有家难归，有国难奔。屈原、贾谊、张俭、韩愈、柳宗元、苏东坡，直至康有为、梁启超，真可以说无代无之。——也许还该特别提一提林则徐，这位揭开中国近代史开宗明义第一章的伟大爱国前贤，为了严禁鸦片，结果获罪革职，遣戍伊犁。他在赴戍登程的悲凉时刻，口占一诗，告别家人："苟利国家生死以，岂因祸福避趋之。谪居正是君恩厚，养拙刚于戍卒宜。"百年后重读此诗，还令人寸心如割，百脉沸涌，两眼发酸，低回唏嘘不已。

安土重迁是中华民族的传统，我们祖先有个根深蒂固的观念，以为一切有生之伦，都有返本归元的倾向：鸟恋旧林，鱼思故渊，胡马依北风，狐死必首丘，树高千丈，落叶归根。有一种聊以慰情的迷信，还以为人在百年之后，阴间有个望乡台，好让死者的幽灵在月明之夜，登台望一望阳世的亲人。但这种缠绵的情致，并不能改变冷酷的现实，百余年来，许多人依然不得不离乡别井，乃至漂洋过海，谋生异域。有清一代，出国的华工不下一千万，足迹遍于世界，新兴资本主义国家的金矿、铁路、种植园里，渗透了他们的血汗。美国南北战争以后，黑奴解放了，我们这些黄皮肤的同胞，恰恰以刻苦、耐劳、廉价的特质，成了奴隶劳动的后续部队，他们当然做梦也没有想到什么叫人权。为了改变祖国的命运，孙中山领导的革命运动发轫于美国檀香山，第一代中国共产党人，很多曾在法国勤工俭学。改革开放后掀起的出国潮，汹涌澎湃，方兴未艾。还有一种颇似难料而其实易解的矛盾现象：鸦片战争期间被清王朝割弃的香港，经过一百五十年的沧桑世变，终于回到了祖国的怀抱，这是何等的盛事！而不少生于斯、食于斯、惨淡经营于斯的香港人，却看作"头上一片云"，宁愿抛弃家业，纷纷作移民计。这一代又一代炎黄子孙浮海远游的潮流，各有其截然不同的背景、色彩和内涵，不可一概而论，却都是时代浮沉的倒影，历史浩荡前进中飞溅的浪花。民族向心力的凝聚，并不取决于地理距离的远近。我们第一代的华侨，含辛茹苦，寄籍外洋，生儿育女，却世代翘首神州，不忘桑梓之情，当祖国需要的时候，他们都做了慷慨的奉献。香港蕞尔一岛，从普通居民到各业之王、绅士爵士、翰苑名流，对大陆踊跃输将，表示休戚相关、风雨同舟的情谊，是近在眼前的动人事例。"美不美，故乡水，亲不亲，故乡人"，此中情味，离故土越远，就体会越深。

科学进步使天涯比邻，东西文化的融会交流使心灵相通，地球会变得越来越小。但乡土之恋不会因此消失。株守乡井，到老没见过轮船火车，或者魂丧域外，漂泊无归的现象，早该化为陈迹。我们应该有鹏举鸿飞的豪情，鱼游濠水的自在，同时拥有温暖安稳的家园，还有足以自豪的祖国，屹立于现代世界文明之林。

北平年景

梁实秋

过年须要在家乡里才有味道，羁旅凄凉，到了年下只有长吁短叹的份儿，还能有半点欢乐的心情？而所谓家，至少要有老小二代，若是上无双亲，下无儿女，只剩下伉俪一对，大眼瞪小眼，相敬如宾，还能制造什么过年的气氛？北平远在天边，徒萦梦想，童时过年风景，尚可回忆一二。

　　祭灶过后，年关在迩。家家忙着把锡香炉、锡蜡签、锡果盘、锡茶托，从蛛网尘封的箱子里取出来，作一年一度的大擦洗。宫灯，纱灯，牛角灯，一齐出笼。年货也是要及早备办的，这包括厨房里用的干货，拜神祭祖用的苹果干果等等，屋里供养的牡丹水仙，孩子们吃的粗细杂拌儿。蜜供是早就在白云观订制好了的，到时候用纸糊的大筐篓一碗一碗地装着送上门来。家中大小，出出进进，如中风魔。主妇当然更有额外负担，要给大家制备新衣新鞋新袜，尽管是布鞋布袜布大衫，总要上下一新。

　　祭祖先是过年的高潮之一。祖先的影像悬挂在厅堂之上，都是七老八十的，有的撇嘴微笑，有的金刚怒目，在香烟缭绕之中，享用蒸裸。这时节孝子贤孙叩头如捣蒜，其实亦不知所为何来，慎终追远的意思不能说没有，不过大家忙的是上供，拈香，点烛，磕头，紧接着是撤供，围着吃年夜饭，来不及慎终追远。

吃是过年的主要节目。年菜是标准化了的，家家一律。人口旺的人家要进全猪，连下水带猪头，分别处理下咽。一锅纯肉，加上蘑菇是一碗，加上粉丝又是一碗，加上山药又是一碗，大盆的芥末墩儿，鱼冻儿，肉皮辣酱，成缸的大腌白菜，芥菜疙瘩——管够，初一不动刀，初五以前不开市，年菜非囤集不可，结果是年菜等于剩菜，吃倒了胃口而后已。

"好吃不过饺子，舒服不过倒着"，这是乡下人说的话，北平人称饺子为"煮饽饽"。城里人也把煮饽饽当作好东西，除了除夕消夜不可少的一顿之外，从初一至少到初三，顿顿煮饽饽，直把人吃得头昏脑涨。这种疲劳填充的方法颇有道理，可以使你长期地不敢再对煮饽饽妄动食指，直等到你淡忘之后明年再说。除夕消夜的那一顿，还有考究，其中一只要放进一块银币，谁吃到那一只主交好运。家里有老祖母的，年年是她老人家幸运地一口咬到。谁都知道其中做了手脚，谁都心里有数。

孩子们须要循规蹈矩，否则便成了野孩子，唯有到了过年时节可以沐恩解禁，任意地做孩子状。除夕之夜，院里洒满了芝麻秸儿，孩子们践踏得咯吱咯吱响，是为"踩岁"。闹得精疲力竭，睡前给大人请安，是为"辞岁"。大人摸出点什么作为赏赉，是为"压岁"。

正是一年复始，不准说丧气话，见面要道一声"新禧"。房梁上有"对我生财"的横批，柱子上有"一入新春万事如意"的直条，天棚上有"紫气东来"的斗方，大门上有"国恩家庆人寿年丰"的对联。墙上本来不大干净的，还可以贴上几张年画，什么"招财进宝""肥猪拱门"，都可以收补壁之效。自己心中想要获得的，写出来画出来贴在墙上，俯仰之间仿佛如意算盘业已实现了！

好好的人家没有赌博的。打麻将应该到八大胡同去，在那里有上好的骨牌，硬木的牌桌，还有佳丽环列。但是过年则几乎家家开赌，推牌九、状元红、呼幺喝六，老少咸宜。赌禁的开放可以延长到元宵，这是唯一的家庭娱乐。孩子们玩花炮是没有腻的。九隆斋的大花盒，七层的九层的，花样翻新，直把孩子看得瞪眼咋舌。冲天炮、二踢脚、太平花、飞天七响、炮打襄阳，还有我们自以为值得骄傲的可与火箭媲美的"旗火"，从除夕到天亮彻夜不绝。

街上除了油盐店门上留个小窟窿外，商店都上板，里面常是锣鼓齐鸣，狂擂乱敲，无板无眼，据说是伙计们在那里发泄积攒一年的怨气。大姑娘小媳妇搽脂抹粉地全出动了，三河县的老妈儿都在头上插一朵颤巍巍的红绒花。凡是有大姑娘小媳妇出动的地方就有更多的毛头小伙子乱钻乱挤。于是厂甸挤得水泄不通，海王村里除了几个露天茶座坐着几个直流鼻涕的小孩之外并没有什么可看，但是入门处能挤死人！火神庙里的古玩玉器摊，土地祠里的书摊画棚，看热闹的多，买东西的少。赶着天晴雪霁，满街泥泞，凉风一吹，又滴水成冰，人们在冰雪中打滚，甘之如饴。"喝豆汁儿，就咸菜儿，琉璃喇叭大沙雁儿"，对于大家还是有足够的诱惑。此外如财神庙、白云观、雍和宫，都是人挤人，人看人的局面，去一趟把鼻子耳朵冻得通红。

新年狂欢拖到十五。但是我记得有一年提前结束了几天，那便是"民国元年"，阴历的正月十二日，在普天同庆声中，袁世凯嗾使北军第三镇曹锟驻禄米仓部队哗变掠劫平津商民两天。这开国后第一个惊人的年景使我到如今不能忘怀。

图书在版编目（CIP）数据

文人与故乡 / 沈从文等著 . — 武汉：长江文艺出版社，
2018.7（2020.9 重印）

ISBN 978-7-5702-0337-6

I . ①文⋯ II . ①沈⋯ III . ①散文集 - 中国 - 现代 ②散文集 - 中国 - 当代 IV . ① I266

中国版本图书馆 CIP 数据核字 (2018) 第 057463 号

文人与故乡

沈从文　等著

选题产品策划生产机构 | 北京长江新世纪文化传媒有限公司
总 策 划 | 金丽红　黎 波　安波舜
责任编辑 | 张　维　　　　　装帧设计 | 郭　璐　　　　　媒体运营 | 刘　峥
助理编辑 | 赵晨阳　　　　　内文制作 | 张景莹　　　　　责任印制 | 张志杰　王会利
法律顾问 | 梁　飞　　　　　版权代理 | 何　红
总 发 行 | 北京长江新世纪文化传媒有限公司
电　　话 | 010-58678881　　　　　　　传　　真 | 010-58677346
地　　址 | 北京市朝阳区曙光西里甲 6 号时间国际大厦 A 座 1905 室　　邮　　编 | 100028

出　　版 | 长江出版传媒　长江文艺出版社
地　　址 | 湖北省武汉市雄楚大街 268 号湖北出版文化城 B 座 9-11 楼　邮　　编 | 430070
印　　刷 | 天津行知印刷有限公司
开　　本 | 787 毫米 ×1092 毫米　1/32　　　印　　张 | 8.625
版　　次 | 2018 年 7 月第 1 版　　　　　　印　　次 | 2020 年 9 月第 2 次印刷
字　　数 | 106 千字
定　　价 | 35.00 元
盗版必究（举报电话：010-58678881）
（图书如出现印装质量问题，请与选题产品策划生产机构联系调换）